Inocencia y belleza

Diana Hamilton

Bianca™

♦ HARLEQUIN™

Editado por HARLEQUIN IBÉRICA, S.A.
Hermosilla, 21
28001 Madrid

© 2007 Diana Hamilton. Todos los derechos reservados.
INOCENCIA Y BELLEZA, Nº 1823 - 5.3.08
Título original: The Mediterranean Billionaire's Secret Baby
Publicada originalmente por Mills & Boon®, Ltd., Londres.

I.S.B.N.: 978-84-671-5803-8
Depósito legal: B-3230-2008
Editor responsable: Luis Pugni
Composición: M.T. Color & Diseño, S.L.
C/. Colquide, 6 - portal 2-3º H, 28230 Las Rozas (Madrid)
Fotomecánica: PREIMPRESIÓN 2000
C/. Algorta, 33. 28019 Madrid
Impresión y encuadernación: LITOGRAFÍA ROSÉS, S.A.
C/. Energía, 11. 08850 Gavá (Barcelona)
Fecha impresion para Argentina: 1.9.08
Distribuidor exclusivo para España: LOGISTA
Distribuidor para México: CODIPLYRSA
Distribuidores para Argentina: interior, BERTRAN, S.A.C. Vélez
Sársfield, 1950. Cap. Fed./ Buenos Aires y Gran Buenos Aires,
VACCARO SÁNCHEZ y Cía, S.A.
Distribuidor para Chile: DISTRIBUIDORA ALFA, S.A.

Capítulo 1

FRANCESCO Mastroianni frunció el ceño mientras conducía su Ferrari una noche fría de marzo. La lluvia golpeaba en el parabrisas, lo que empeoraba su mal humor.

Ir`a aquel sitio de Gloucestershire no era un plato de gusto precisamente. Había demasiados malos recuerdos. Pero no había excusa posible para evitar aquello. Quería demasiado a Silvana como para rechazar su invitación a pasar el fin de semana y mostrarle su nueva casa.

El problema era que su prima Silvana y su esposo, Guy, acababan de trasladarse desde Londres a una mansión reformada en un condado cuyo solo nombre le daba escalofríos.

«¡Por el amor de Dios!», se dijo. «¡Supéralo de una vez!».

Después de todo, aunque la experiencia hubiera sido dolorosa había aprendido una lección, ¿no?

Francesco había sido bastante escéptico en cuanto a las mujeres desde que había entrado en la adolescencia y se había dado cuenta de que su riqueza era un imán para el sexo femenino. Y no podía creer que hubiera pensado que podía existir una mujer diferente, en la que podía confiar, a pesar de sus prejuicios. Una mujer en quien pudiera confiar ciegamente y a quien pudiera amar hasta el fin de sus días.

Su dulce Anna...

Su boca se torció cínicamente.

¡Se había comportado como un ingenuo adolescente en lugar de como un hombre mundano de treinta y cuatro años!

Anna había resultado ser tan mala como las otras que habían puesto la mira en su fortuna personal. Y peor incluso. Fingiendo, ¡oh, qué bien había fingido!, que no tenía idea de quién era él, fingiendo creer que él era un muchacho normal, que trabajaba a tiempo parcial de guía turístico y aceptando trabajos temporales cuando los encontraba.

Ella había llegado a aquella conclusión a partir de ciertos comentarios que él le había hecho. Y aunque él no le había mentido, no la había sacado de su error, ya que estaba encantado de haber encontrado a alguien a quien amar y que, al parecer, lo amaba a él, no a su cuenta corriente.

Francesco resopló y se dirigió hacia el pueblo donde vivía su prima, el mismo donde vivía la codiciosa Anna. Rylands...

El nombre de la casa de ella había quedado grabado en su memoria.

Y no pudo evitar recordar la última vez que él había hecho aquel viaje.

–Le diré a mi familia que vendrás y que te hagan una cama. Te quedarás a dormir, ¿verdad? –le había dicho Anna cuando se había enterado de que él iría a verla a su casa.

Había parecido excitada cuando él había llamado desde Londres para decirle que iba rumbo a Rylands.

—Es una pena, pero no volveré hasta las diez. Esta tarde trabajo. Y no puedo cancelar el compromiso —se había lamentado Anna—. ¡No puedo fallarles! ¡No sabes cuánto me gustaría no tener que ir a trabajar! ¡Oh, Francesco! ¡No veo la hora de verte!

Él había colgado el teléfono de su lujosa oficina sonriendo pícaramente. Él ya había cancelado tres reuniones de trabajo por estar con ella. Pero a ella no se le había ocurrido que podía haberlo hecho. Era normal. Ella no sabía que él era el dueño de un imperio económico que tenía oficinas en Roma, Bruselas, Nueva York y Sydney.

Había llamado a su ayudante personal por el teléfono interno y le había dicho que se marchaba. No le había dicho que en el bolsillo de la chaqueta llevaba un anillo para la reina adecuada, ni una proposición de matrimonio en la punta de la lengua.

Ir a verla, aunque le llevara unas horas, le daría la oportunidad de conocer a sus padres.

Su padre lo estaba esperando. Bajó las escaleras, excitado, sin darle tiempo a echar una ojeada al viejo edificio del siglo diecisiete en el que vivía su familia.

—¿Así que tú eres el chico de mi niña? —su padre le dio la mano—. ¡Bienvenido al ancestral hogar! ¡Anna nos lo ha contado todo acerca de ti!

Lo hizo pasar a un vestíbulo vacío, a excepción de una solitaria y triste silla, y luego a una sala pequeña recubierta de madera, con unos sofás gastados y una vieja mesa de pino. Y lo sometió al más despiadado discurso publicitario que jamás había escuchado.

–Quiero comentarte esto antes de que aparezca mi mujer. Ya sabes cómo son estas cosas, hijo... Las mujeres no comprenden los negocios... Tengo una idea fantástica... ¡Es una oportunidad que no te puedes perder! ¡Una inversión ideal para un hombre como tú! ¡Serías tonto si la rechazaras! Y por lo que he leído sobre ti, ¡tonto no eres!

Al margen de su disparatado negocio, algo relacionado con animales salvajes, un safari park o algo así, él se había sentido traicionado por Ana. Se había puesto furioso. ¿Así que Anna le había contado «todo sobre su chico»?, había pensado, furioso. Pues a él le había tomado el pelo...

No le extrañaba que ella se hubiera puesto contentísima cuando él le había dicho que iría a verla. ¡Debía de estar celebrando que había podido cazarlo!

¿Lo de que ella tuviera que estar trabajando hasta tarde habría sido verdad, o habría sido simplemente una excusa para que su padre tuviera tiempo de proponerle un negocio y pudiera sacarle algo de dinero?

Con tono cortante, él había interrumpido a su padre y le había dicho:

–Nunca me han pedido dinero de forma tan chapucera.

Luego le había pedido un papel y había dejado una nota para la «Dulce Anna».

Y se había marchado. Despreciándose. Odiando a Anna.

Odiándola porque lo había puesto en ridículo haciendo que se dejara guiar por el corazón y no por la cabeza, como lo hacía siempre. Él, que era un hombre calculador y cerebral, y que poseía un sexto sentido para detectar mujeres ambiciosas e interesadas sólo en el dinero.

Se había sentido absolutamente avergonzado de sí mismo.

Dobló a la izquierda e intentó olvidarse de aquel episodio. Y deseó que Silvana, una celestina innata, no le hubiera reservado alguna candidata para el fin de semana. No tenía interés en el sexo opuesto.

Anna Maybury miró sus tobillos hinchados. Era una consecuencia de estar embarazada de siete meses.

Se tocó el vientre, cubierto de un peto de trabajo. A pesar de su incomodidad, amaba profundamente al bebé que iba a nacer.

No había hecho caso a la sugerencia de un par de amigas de que interrumpiese el embarazo, ni a las presiones de sus padres de su derecho a ponerse en contacto con el padre para pedirle ayuda económica.

Aquél era su bebé, y lo amaba incondicionalmente. Se arreglaría sin ayuda del padre. ¡Él era un indeseable! Sería muy atractivo, y rico, al parecer, ¡pero igualmente un sinvergüenza!

Se quitó un mechón rubio de la cara, enfadada consigo misma por pensar en él a pesar de haberse prometido no hacerlo nunca más, y se dispuso a preparar la cena para cuatro.

Había apartado los ingredientes en una tartera y los había puesto en el frigorífico, y la pierna de cordero aderezada con ajo y perejil, para el segundo plato, estaba haciéndose al horno.

Un menú italiano, como era lo estipulado.

Al parecer, su cliente, Silvana Rosewall, era italiana, aunque casada con un banquero inglés. Así que tendría que aguantarse que la señora de la casa hubiera pedido un menú italiano.

Ella era un chef profesional, y le iba bien en su negocio de catering. Mejor que bien, aunque le hubiera venido bien que su amiga Cissie la hubiera ayudado aquella noche.

Pero Cissie tenía una cita, y desde el principio le había dejado claro que sólo la ayudaría de vez en cuando, hasta que conociera al hombre de su vida. Pero le habían venido bien los contactos de Cissie. Su familia tenía muchos, y eso le había proporcionado clientes, como el de aquella noche.

Ella no dejaría que Rylands, su hogar familiar desde hacía más de trescientos años, fuera arrebatado de sus manos. Porque sabía que la pérdida de la casa familiar rompería el ya maltrecho corazón de su madre. Y pensar en algo tan doloroso le haría mal a su bebé.

Así que no se permitiría pensar en todo aquello.

–Los invitados acaban de llegar –dijo la señora Rosewall cuando entró en la cocina.

Se alegró de que alguien la hiciera volver a concentrarse en su trabajo. La cocina estaba en la parte de atrás de la mansión, así que no había oído el motor de los coches o el ruido de las ruedas en la grava de la entrada.

–¿Qué tenemos? –preguntó Silvana Rosewall.

Era una mujer de treinta y pocos años, morena, muy elegante.

–Cazuela de patatas con mozzarella de entrante, seguido de kebabs de pez espada, y cordero al estilo toscano, cortado en finas lonchas con verduras mediterráneas a la plancha, y para terminar, tarta de naranjas al caramelo. Y además he conseguido esas galletas venecianas tan especiales.

–Excelente –Silvana asintió con la cabeza–. Comeremos dentro de media hora –frunció el ceño al ver la figura embarazada de Ana–. ¿Estás sola? ¿Puedes arreglarte, en tu estado? Podría haber venido alguien para ayudarte a servir la mesa...

Alguien delgado y atractivo, que no echara para atrás a los invitados, pensó Anna que era lo que Silvana quería decir. Bueno, haría todo lo posible por permanecer en el fondo de la escena.

Sus curvas habrían quedado estupendas en una amazona alta, pero a su juicio, con su escasa altura, la hacían redonda.

Silvana se marchó.

Anna sacó los ingredientes de las tarteras que había en el frigorífico y terminó de cocinarlos.

Media hora más tarde colocó en una bandeja las patatas calientes con mozzarella gratinada encima.

El resto de la comida estaba prácticamente lista también, y se sintió satisfecha de que todo fuera como esperaba.

Con suerte, los Rosewall y sus invitados estarían tan contentos con la comida, que no se fijarían en su aspecto, y no se sentirían incómodos.

Pero su seguridad se derrumbó cuando entró en el salón y lo descubrió a él.

La bandeja casi se le cayó al suelo, al igual que la confianza en sí misma. Se aferró a ella con fuerza para que no se cayera y sintió que la cara se le incendiaba.

Él la miró con dureza, achicando los ojos. La última vez que lo había visto había notado deseo en ellos.

Anna tragó saliva. Bajó la vista y deseó que el color abandonase su cara. Y sirvió los platos con manos temblorosas.

Salió del salón nuevamente rumbo a la cocina. El corazón se le salía del pecho. Se apoyó de espaldas en la puerta e intentó serenarse.

Verlo allí había sido un shock.

A su mente habían acudido las palabras que Francesco había escrito en la nota que le había dejado:

Ha sido un buen intento. Pero he cambiado de parecer. Tú tienes mucho que ofrecer, pero nada que no pueda conseguir en cualquier parte.

Sexo. Se refería al sexo.

Sintió náuseas al pensarlo. Su padre debía de haber leído la nota. Era lo único que podía explicar su cara de cordero degollado cuando se la había dado a ella, balbuceando que su nuevo chico sólo se había quedado diez minutos y se había marchado. Así que su padre se había enterado de que la había dejado, y eso la había hecho sentir peor todavía.

Al principio ella había pensado que Francesco creía que ella era rica. ¿Acaso no habían estado Cissie y ella en aquel carísimo hotel frecuentado por gente rica? Él habría imaginado que estaba detrás de un buen partido. Hasta que había visto la realidad de Rylands, despojada de todo lo que había valido la pena vender, absolutamente descuidada y estropeada.

Unas semanas más tarde Cissie le había dado una de las revistas que tanto gustaban a su madre, en las que aparecían los personajes famosos de la alta sociedad, y le había señalado una foto.

–Éste es el muchacho con el que estuviste en Ischia. Me resultó una cara conocida, pero no me sabía de dónde lo conocía. Debió de estar de incógnito, ¡ni un coche lujoso ni un lujoso yate a la vista! Sale siempre en la columna de cotilleos. Es millonario, ¡has tenido suerte! ¿Sigues en contacto con él?

–No

–¡Una pena! Si lo cazas, ¡no tendrás de qué preocuparte en toda tu vida! Pero, para serte sincera, ¡estas aventuras de vacaciones no duran nada! ¡Y el hombre tiene una fama de mujeriego terrible!

Ella se había dado la vuelta, encogiéndose de hombros, sin mirar apenas la foto de Francesco Mastroianni, vestido con un esmoquin blanco que contrastaba tanto con aquel atractivo moreno de aspecto latino. Se había quedado helada.

Francesco no había ido tras el dinero inexistente

de ella y de su familia, como había pensado al principio.

Sólo le había interesado el sexo.

Pero al parecer, al volver a Londres había conocido a alguien que lo había satisfecho más sexualmente, alguien más sofisticado, probablemente.

¡Un desgraciado! ¡Cómo odiaba a los hombres que usaban a las mujeres para su placer y luego las dejaban como a juguetes viejos!

Entonces, ¿qué derecho tenía él a mirarla con desprecio?

Se apartó de la puerta y se dijo que si alguien merecía desprecio era él, y corrió a encender el grill.

Ella era una profesional, y haría el trabajo para el que la habían contratado. Lo ignoraría, y cuando terminase la noche, se lo quitaría de la cabeza nuevamente. No le tiraría la copa de vino «accidentalmente», ni le rompería un plato a la cabeza. No podía permitirse ese tipo de satisfacción. Si se ganaba fama de maleducada, nunca más conseguiría trabajo.

¡Pero si él la volvía a mirar con aquel desprecio, se sentiría seriamente tentada de hacerlo!

¡Ella estaba embarazada!

¿Sería suyo?

Francesco tuvo que hacer un esfuerzo para comer y para ignorar a Anna Maybury mientras ella servía la comida.

Apenas pudo pronunciar monosílabos en la comida, dirigidos a la pelirroja que su prima había llevado para él.

Pero él no estaba interesado en ella.

Anna había sido virgen. Y él no había usado preservativo la primera vez. Había estado demasiado extasiado como para pensar en ello.

Había estado perdido en aquella tormenta salvaje de emoción y deseo. Había sido una experiencia tan nueva y vital, que le había parecido que su vida entera hasta aquel momento no había sido sino un teatro de sombras.

Aquel niño que Anna llevaba en su vientre podía ser suyo. A no ser...

Se echó hacia atrás en la silla y, apoyando la mano en el respaldo, dijo:

–La mujer del catering... ¿Sabes de cuánto tiempo está embarazada?

Sus compañeros de mesa lo miraron, sorprendidos. Pero fue Silvana quien le preguntó:

–¿Por qué quieres saberlo?

«Porque es posible que yo sea el padre y no lo sepa», hubiera querido decir. Pero respondió:

–Por si tuviéramos que hacer de matronas en un momento dado...

La pelirroja se rió con una risa irritante. Guy miró a su esposa. Y Silvana contestó:

–De siete meses, según Cissie Lansdale. Cissie es una especie de socia de Anna en el negocio del catering. Normalmente es la que se ocupa de servir la mesa. Pero hoy no ha podido venir, al parecer. Guy, querido, nuestras copas están vacías...

Mientras su marido servía una segunda botella de Valpolicella, Silvana agregó:

–Personalmente, pienso que una mujer en su estado debería estar descansando, no haciendo este tipo de trabajo. Pero no tiene un marido que la mantenga, y su madre está un poco delicada, no tiene buena salud, según me han dicho. Supongo que necesitan el dinero. El padre es un caso perdido. Hace tiempo tenían una buena posición en la zona. Pero él despilfarró lo que tenían, o lo perdió...

–Hizo malas inversiones, según tengo entendido –agregó Guy mientras se volvía a sentar.

–Pareces saber mucho acerca de ellos –comentó Francesco.

Reflexionó que el niño podría ser suyo, si estaba embarazada de siete meses. A no ser que Anna se hubiera acostado con alguien inmediatamente después de volver de vacaciones.

Pero eso no era muy posible, dado que en aquel momento ella estaba concentrada en cazarlo. Ella había esperado que él la siguiera a Inglaterra, así que no habría querido que hubiera nadie más rondándola, y que le estropeara el plan, pensó Francesco.

Francesco hizo un gran esfuerzo para no fruncir el ceño y correr a la cocina para saber la verdad.

–Cuando llegamos aquí, era necesario que nos presentásemos a las mejores familias para que pudieran darnos referencias de gente honesta y fiable del lugar. La semana que viene tendremos un ama de llaves permanentemente en la casa. Pero necesitamos otra gente... –tomó un sorbo de café y levantó una ceja hacia su primo–. Fontaneros, electricistas, un jardinero, cocineros... Esta chica embarazada nos la han recomendado muy especialmente –comentó Silvana.

Cuando terminaron de comer, Silvana propuso:

–¿Por qué no vamos al salón mientras la chica recoge la mesa? ¿Una Grapa? Luego Guy y yo iremos arriba y os dejaremos que os relajéis frente al fuego y que os conozcáis –sonrió Silvana a Francesco mientras se ponía de pie–. Sé que Natalie quiere hablarte de un baile de recaudación de fondos que puede interesarte.

Francesco resopló internamente. No tenía interés en la pelirroja. Y tendría que hacérselo saber a ella.

Al día siguiente a primera hora iría a Rylands y exigiría saber si el niño era suyo.

El lavaplatos terminó de hacer su tarea. Anna guardó la vajilla en el enorme armario Victoriano. Le dolía la espalda.

Media hora antes la señora Rosewall le había pagado mientras ella recogía sus cosas.

–La comida ha sido perfecta –le había dicho–. ¿Has terminado, o todavía te queda algo que hacer?

–Terminaré en media hora más o menos. Estoy esperando que termine el lavaplatos. ¿O prefiere que me vaya ahora? –preguntó Anna.

No veía la hora de marcharse de allí.

–No hay prisa. Sólo he venido a decirte que mi marido y yo vamos a acostarnos. Pero mi primo y su chica se quedarán en el salón, y no quiero que los molesten. Así que, márchate sin interrumpirlos. Y ahora que lo pienso, ¿podrías hacer el servicio de catering de la comida del domingo? Los invitados se marcharán a Londres por la tarde, así que sería mejor preparar una comida ligera...

Anna no había pensado decir que sí.

–Lo siento –respondió Anna, reprimiéndose las ganas de frotarse la dolorida espalda–. No puedo.

Después de una última mirada a la inmaculada cocina, Anna se puso su vieja gabardina, se soltó el pelo y salió. Estaba demasiado cansada como para darse prisa.

Había sido una pesadilla aquella noche. Pero ya había terminado, se dijo, aliviada.

Se subió a su coche pensando que no volvería a ver a Francesco, y eso la tranquilizó.

Había sido horrible ver cómo aquella pelirroja se le echaba casi encima a él... Y saber que él había notado su embarazo. Seguramente se habría dado cuenta de que podía ser suyo.

Pero probablemente no se daría por enterado. Lo que había sucedido en Ischia era una cosa más en una larga lista de sucesos destinados al olvido. Seguramente él pensaría que si ella había quedado embarazada era por su propia culpa.

Anna quiso poner el motor en marcha, pero éste no le respondió. Después del cuarto intento tuvo que admitir que no tenía batería.

Buscó su teléfono móvil. Era culpa suya. Nick le había advertido que tenía que cambiar la batería. Pero como siempre le faltaba dinero parar pagar las facturas de Rylands y para llenar el frigorífico...

No encontró el móvil. Debía de habérselo dejado en su casa. Se maldijo por ello. No le quedaría más remedio que golpear la puerta y molestarlos.

La idea de saber que se refería a Francesco y a su chica, casi la mató. Había doce kilómetros hasta Rylands, y encima llovía. Si no hubiera estado embarazada, habría caminado hasta allí.

Pero lo estaba.

Cuando la pelirroja se marchó, Francesco se sirvió una Grappa. Estaba de mal humor.

Normalmente sabía cómo deshacerse de las mujeres con elegancia. Pero aquella noche no había podido hacerlo.

Había sido frío, seco, descortés.

Las entradas al baile para recaudar fondos que le había ofrecido la pelirroja no le habían interesado. Ni volver a verla para almorzar cuando volvieran a la ciudad, como le había propuesto ella. Así que la amiga de su prima se había ido a la cama, sola.

Ahora podía relajarse. Pero no lo conseguía.

Sentía que faltaba mucho tiempo hasta la mañana siguiente en que pudiera enfrentarse a Anna.

Anna tocó el timbre con el corazón galopando en su pecho. Tenía el pelo mojado por la lluvia. Estaba muy nerviosa.

Pero tenía que ponerse en contacto con Nick, pedirle que fuera a recogerla allí. Y eso significaba enfrentarse a Francesco para pedirle usar el teléfono de los Rosewall.

Cuando se abrió la puerta, ella se puso rígida.

–Mi camioneta no arranca. ¿Puedo usar el teléfono?

Él le respondió con un silencio.

La miró con sus ojos grises de acero.

Y le contestó con dureza:

–Dime la verdad, por una vez en la vida, ¿es mío el bebé?

Capítulo 2

ANONADADA por semejante pregunta, Anna decidió que sería más digno ignorarla que preguntarle: «¿Y a ti qué te importa?».

—Tengo que llamar a Nick para que me venga a buscar, y para eso necesito un teléfono.

Ella notó que él tenía una ceja levantada, aparentemente sorprendido por su respuesta, incrédulo ante lo que escuchaba o veía.

Ella tenía el pelo chorreando, botas de lluvia y una enorme barriga, pensó Anna.

Intentó olvidarse de ello, y dijo:

—Por favor, diles a los Rosewall que Nick y yo recogeremos mi camioneta mañana a primera hora de la mañana. Le hace falta una nueva batería.

Cruzó los dedos, rogando que no se tratase de un arreglo mayor que le costase muy caro. Tembló de frío. Estaba mojada... Dio un paso adelante y preguntó:

—¿Puedo pasar?

Él la miró con dureza. No hizo ningún movimiento para dejarla pasar. ¿Le pediría que se perdiese?, se preguntó.

Entonces él se acercó y le agarró el codo, haciéndola girarse.

–Yo te llevaré.

–No hace falta –dijo Anna, alarmada. No podía soportar la idea de estar encerrada en el coche con él, repitiéndole la pregunta de antes–. Nick vendrá a buscarme sin ningún problema.

Él la agarró más fuertemente.

–No lo dudo –respondió él.

Francesco empezó a caminar deprisa, llevándola, reacia, hacia el extremo de la propiedad solariega–. Pero es mejor que te quites esa ropa húmeda y que te des un baño caliente cuanto antes –la detuvo antes de llegar a su Ferrari–. No tienes que pensar sólo en tu bienestar.

Se refería al bebé, pensó ella con culpa. Y tenía razón. Tenía que cambiarse de ropa y relajarse, por el bien del bebé. Y además, si esperaba a Nick, Francesco tendría la oportunidad de hacerle aquella pregunta. Y ella no iba a saber qué contestarle.

Anna se sentó en el asiento del copiloto.

¿Qué le iba a decir? ¿Que no era asunto suyo? ¿Lo aceptaría él? ¿Se sentiría aliviado de no tener que responsabilizarse por nada?

Era posible en un hombre como él.

¿Y si ella le decía que él no era el padre? ¿Que estaba embarazada de cinco meses solamente?

Pero, dado su tamaño, ¿se lo creería?

Anna se preparó y esperó.

–¿Todavía vives con tus padres? –fue lo único que preguntó él.

Ella respondió afirmativamente, y él no preguntó más hasta que llegaron a su casa.

–No creas que he terminado –le advirtió él entonces–. Mañana vendré a primera hora. Y si me dicen que no estás, esperaré hasta que estés disponible.

Francesco se marchó a gran velocidad. Ya no tenía que conducir con cuidado por su copiloto. Y se maldijo por no exigirle a Anna que le dijera quién era el padre de su hijo.

Normalmente él conseguía siempre lo que se proponía, cuando se decidía a ello. Así había levantado su imperio de negocios después de la muerte de su padre, hacía diez años. Con gran esfuerzo había llevado a su empresa al siglo XXI, algo que no habría podido hacer un hombre no decidido.

Entonces, ¿por qué a ella le había permitido escabullirse?

Debería haberla presionado para que le dijera la verdad. Pero... La había visto tan vulnerable. Tan cansada. Así, empapada y con aquel aspecto de desamparo le había parecido un gatito semiahogado. Su primera reacción había sido rabia por ver que una mujer en su estado tuviera que verse forzada a trabajar como una esclava para aquellos privilegiados que no habían hecho más que dar órdenes y sentarse a esperar que se cumplieran. A aquel sentimiento había seguido la necesidad de llevarla a un lugar donde ella pudiera descansar y estar cómoda.

Francesco suspiró profundamente. Debía de estar haciéndose viejo.

¿Y quién diablos era Nick?

Anna se acostó con la bolsa de agua caliente. La bañera había estado sólo tibia, su dormitorio, húmedo y frío, debido a las humedades en el techo.

Tembló convulsivamente. Él estaba decidido a arrancarle la verdad. Contra lo que ella había pensado, Francesco no iba a encogerse de hombros y a desentenderse de la situación.

Ella había leído en algún sitio que para el hombre latino la familia era muy importante.

¡Ojalá no hubiera aceptado el trabajo de los Rosewall! ¡De esa forma Francesco no la habría visto!

¡Ojalá se hubiera enamorado de Nick y hubiera aceptado su proposición de matrimonio! ¡Cuando hubiera empezado a notársele el embarazo todo el mundo habría creído que el niño era de él! Nick habría hecho cualquier cosa por ella. Aquella idea la deprimió.

Nick y ella habían sido muy amigos desde pequeños. Se querían mucho. Pero él no estaba enamorado de ella, y se merecía algo mejor. Algún día conocería a alguien y se enamoraría de verdad.

Y ella tampoco estaba enamorada de él. Lo que sentía por él no se parecía en nada a lo que sentía por Francesco.

«¡Oh, sinvergüenza!», pensó.

Y se puso a darle puñetazos a la almohada.

Anna se levantó por la mañana y se vistió con ropa premamá. Se recogió el pelo y se miró al espejo. No tenía buena cara, pensó.

Se puso unas zapatillas de deporte, puesto que los zapatos que había usado el día anterior estaban aún mojados, y buscó su móvil.

Nick parecía soñoliento por el tono de su voz. Y Anna se disculpó.

–Te he despertado. Oh, ¡lo siento!

Luego le explicó brevemente lo que necesitaba, sintiéndose fatal por llamarlo tan temprano. Pero Francesco no había dicho la hora exacta en que iría a vela. Sólo había hablado de «a primera hora de la mañana». Si iba a buscar el coche con Nick con una nueva batería, Francesco no tendría oportunidad de ir a su casa y acorralarla con preguntas.

–Dame media hora –respondió Nick–. ¿No te dije que tendrías problemas? ¿Cómo has vuelto a casa? Deberías haberme llamado.

–Iba a hacerlo. Pero uno de los invitados de los Rosewall me trajo a casa –respondió ella–. Gracias, Nick...

–¿Por qué?

–Gracias por venir a rescatarme.

–Sabes que puedes llamarme siempre que lo necesites.

Anna volvió a la cocina y se puso una chaqueta. Bebió un vaso de zumo y salió al encuentro de Nick.

Afortunadamente había parado la lluvia de la noche anterior y había salido el sol, iluminando la lúgubre habitación.

No le extrañaba que su madre estuviera siempre deprimida al ver cómo se venía abajo su casa familiar. Beatrice Maybury, una mujer frágil, siempre se había sentido frustrada por ello, pero, aquejada de fiebre reumática de pequeña, nunca había sido capaz de hacer nada práctico para solucionarlo. Había tenido que quedarse sentada, observando cómo su marido perdía todo.

Suspiró y abrió la puerta de la cocina. Y se quedó sorprendida de lo que vio.

—¿Mamá?

Su madre, con su pelo cano recogido y envuelta en un camisón antiguo, le contestó:

—¿Quieres té, cariño?

—Te has levantado muy temprano —Anna miró a su madre achicando sus ojos verdes.

Su madre pocas veces se levantaba antes de las diez, por la insistencia de su marido de que descansara. William siempre había tratado a su adorada esposa como si fuera de cristal.

Era una pena, pensó Anna en un momento, que su padre no hubiera tratado la fortuna que había heredado su esposa con el mismo cuidado.

—¿Ocurre algo malo? —preguntó Anna.

—Lo habitual —respondió Beatrice con una débil sonrisa mientras ponía dos tazas de té en la mesa—. Tu padre está cansado. Creo que ese trabajo es demasiado para él. Le he insistido para que descanse un poco.

Su madre se sentó. Anna suspiró y se sentó también.

No podría ir al encuentro de Nick, y evitar, tal vez, ver al sinvergüenza «a primera hora de la mañana», pensó.

No podía marcharse y dejar a su madre en aquel estado. Su madre no solía insistir en nada, apenas dejaba que los demás tomaran las decisiones por ella.

Su padre siempre había sido muy fuerte, pero tal vez el trabajar para una constructora local era demasiado para un hombre con más de sesenta años. Lo que ganaba iba a parar a los acreedores, mientras que lo que ganaba ella se destinaba a los gastos de la casa. Entre los dos mantenían a Rylands en un estado de segura precariedad. De momento.

—Le he dicho que yo daría de comer a Hetty y a Horace y las dejaría salir. No había huevos hoy. Me parece que Hetty está un poco pachucha hoy.

Anna sonrió por primera vez desde que había visto al sinvengüenza.

—Probablemente esté molesta porque le sacas siempre los huevos. Deberíamos dejarla empollar y aumentar el gallinero.

Aquellas dos gallinas eran las únicas supervivientes del gallinero.

Su padre había anunciado que con fruta, verduras, gallinas, un cerdo y una cabra se mantendrían. Tendrían queso de cabra, bacon, huevos, y así volverían a la naturaleza.

La cabra jamás se había materializado. El cerdo había muerto. Una oveja de un vecino había entrado y se había comido la fruta y los productos de la huerta, y el zorro se había llevado a las gallinas.

—Tuvimos una discusión. Supongo que tu padre se disgustó.

El amor que se tenían sus padres había sido lo único que les había impedido derrumbarse y que sus vidas se transformasen en una pesadilla. Su madre jamás le había echado en cara a su padre su malas inversiones. Le había echado la culpa a los demás, y lo había animado a seguir haciendo negocios.

Si ahora empezaban a pelearse, ¿qué les quedaría?

Anna los quería mucho. Era protectora con su madre, y aunque su padre la desesperaba, lo amaba por su energía y entusiasmo, su calidez y su amabilidad.

–Bueno, me temo que voy a tener que hacer algo...

–Comprendo –dijo Anna, aunque no lo comprendía. Estaba sorprendida por aquella actitud decidida de su madre–. ¿Acerca de qué?

En aquel momento sonó el timbre.

Anna se puso de pie.

–Ése debe de ser Nick. Oye, lo siento, pero tengo que irme. Hablaremos más tarde –Anna agarró su chaqueta, se la puso y agregó automáticamente–: No dejes de desayunar. Hay pan para tostadas. Compraré otra barra cuando vuelva.

Cuando tuviera la batería nueva podría ir a comprar algunas provisiones. Quería evitar a Francesco Mastroianni todo lo que pudiera. La idea de encontrárselo la hizo estremecer.

Anna abrió la puerta, y junto a una ráfaga de viento, apareció él.

Francesco entró.

¿Por qué había ido tan temprano? ¿Por qué no se había quedado en la cama con su última amante?

Aquella mañana estaba muy atractivo, pensó ella.

Francesco era más de un metro ochenta de italiana masculinidad, con aquel pelo oscuro tan bien arreglado y aquellos ojos grises...

–¿Vas a algún sitio? –preguntó él.

Para su desagrado, la cara de Anna se puso roja. No podía creer que alguna vez hubiera estado enamorada de aquel hombre arrogante y dominante. Él había ocultado aquella faceta con maestría cuando la había seducido.

Su inmaculado traje de diseño destacaba su físico espectacular y sus facciones clásicas. Su camisa blanca contrastaba con su piel dorada y su mandíbula oscurecida por una barba incipiente y perenne.

Francesco era un intimidante extraño, se dijo ella.

En la isla siempre había usado vaqueros, zapatillas de lona y una cadena en el cuello que le había dejado unas marcas verdes. Aquellas manchas la habían enternecido más aún.

Ahora ya no lo amaba.

Lo despreciaba, y despreciaba todo lo que él representaba.

Y no pensaba responderle. No quería darle la oportunidad de entablar una conversación.

Dejó la puerta abierta y rogó que apareciera Nick.

–¿Hay algún lugar más cómodo donde podamos conversar? –preguntó él con impaciencia, sin dejar de mirarla detenidamente.

Y ella sintió que a él no le gustaba lo que veía.

Una don nadie que podía estar embarazada de un hijo suyo.

–No.

No quería hablar de la paternidad de su bebé con él. Ni con nadie. Y como amaba a su bebé, sentía miedo.

Si Francesco se enteraba de que era el padre tal vez prefiriese lavarse las manos. O... Y eso era lo que más temía, podía sentirse muy macho y exigir la custodia del niño.

Y entonces, ¿qué haría ella?

¿Podría luchar por la custodia de su hijo en los tribunales con él y ganar?

–Anna... ¿Quién es? –apareció Beatrice. Se quedó petrificada, y se puso la mano en la base del cuello–. He oído voces. No parecía la de Nick...

No lo era.

Nadie podía confundir la profunda voz de Francesco con el dulce tono pueblerino de Nick, pensó Anna, deseando que su madre se quedase donde estaba. ¿Cómo iba a presentárselo? «Por cierto, éste es el hombre que me sedujo, me mintió y me abandonó». ¿Así?

–Señora Maybury, es un gusto conocer a la madre de Anna –dijo Francesco de repente, extendiendo la mano para dársela a Beatrice.

–¿Anna?

–Éste es Francesco Mastroianni –lo presentó Anna.

Ella hubiera sacudido a su madre por ponerse tan solícita con él. Pero la perdonó porque no había mujer que no se sintiera afectada por el encanto de Francesco, cuando éste se lo proponía.

–He vuelto a ver a Anna anoche. Ella preparó el servicio de catering en casa de mi prima. Y ahora he venido para saber cómo está de salud.

Anna resopló por dentro. Era increíble la facilidad que tenía para mentir y engañar, para estar tan atractivo y tan seguro de sí mismo. ¡Y ella encima no podía hacer nada!

Su madre arqueó una ceja. Evidentemente había prestado atención a las palabras «he vuelto a ver».

–Muy amable de su parte, *signor*. ¿No quiere pasar a la cocina? Es la única habitación caliente de la casa, me temo. Y, cariño, cierra la puerta. ¡Hace mucho frío!

Si su madre hubiera sabido la verdad, no lo habría dejado atravesar el umbral de la puerta, pensó Anna.

Le llevó unos segundos darse cuenta de que había llegado Nick. Éste llevaba el pelo alborotado, y con aquellos vaqueros parecía tan común en comparación con Francesco, que ella se habría puesto a llorar.

–¿Estás lista? –preguntó Nick. Luego sonrió a Beatrice–. ¡Hola, señora Maybury! –Nick no pareció registrar la presencia del extraño–. ¿Tienes las llaves de la camioneta? –al ver el asentimiento de Anna, Nick agregó–: Entonces vamos. Mi padre dice que no hace falta que te des prisa en pagar la batería. El pago puede esperar.

Anna se puso colorada. El padre de Nick era el dueño del taller del pueblo, y él, como todos los demás vecinos, conocían su situación económica. Pero ella hubiera preferido que Francesco no lo hubiera oído.

–No es necesario –respondió ella, yendo hacia la puerta.

–¡Espera! –gritó Francesco, deteniéndola. Luego dio un paso hacia su amigo y preguntó:

–¿Nick eres tú?

Nick lo miró, sorprendido, y él lo tomó como una respuesta afirmativa.

–No hace falta que esperes tú también. Ocúpate de la batería. Yo llevaré a Anna a buscar la camioneta más tarde.

–¡Espera un momento! –Anna, estaba indignada. ¿Se creía que podía darle órdenes a todo el mundo?

Francesco permaneció imperturbable, sonriendo cínicamente, esperando que ella estallase.

Ella estaba furiosa. Pero no serviría de nada lo que le dijera. Y encima él se daría el gusto de verla fuera de sí.

Se reprimió un gruñido y decidió darse por vencida.

Era inútil postergar el interrogatorio por más tiempo. Cuanto más lo demorase más irritada se sentiría. Y eso no sería bueno para el bebé.

Anna sonrió a manera de disculpa con Nick y dijo:

–Gracias, chico. Te veré más tarde. Tengo que arreglar un asunto.

Y se fue a la cocina con Francesco, como le había indicado su madre.

Capítulo 3

TENGO que irme y vestirme apropiadamente. ¿Qué va a pensar de mí? –dijo su madre, abriendo la puerta para dejarlos pasar e intentando ocultar sus botas de goma debajo de su bata. Con una mirada de soslayo, agregó–: No tardaré. Mientras tanto, Anna, ofrécele café al invitado.

Ella no lo hizo. E intentó no dejarse intimidar por la actitud de desagrado del huésped.

Probablemente él estuviera molesto por ser el padre de un niño de una don nadie que era evidente que provenía de una familia por debajo de su nivel social. Una don nadie que estaba bien para una relación pasajera como unas vacaciones, pero no para una relación más duradera.

–¿Y bien...? –preguntó Anna. Levantó la barbilla, y luego puso gesto de dolor cuando el bebé le dio una patada para recordarle su existencia.

Afortunadamente, su hijo no estaba presenciando la discusión entre sus padres, pensó ella.

Automáticamente, Anna puso la mano en su vientre, un gesto que Francesco siguió con la mirada encendida.

–Ya sabes a qué he venido –él la miró–. Y antes de que me digas si soy o no su padre, te lo advierto:

La veracidad de tu respuesta puede ser contrastada con una prueba de ADN.

La idea de Anna de decirle que el padre era cualquier otro hombre se derrumbó.

Anna se puso pálida. Sus ojos verdes parecieron aún más verdes y enormes.

Llevaba tiempo intentando olvidarlo para protegerse y proteger a su niño de cualquier daño.

Pero ahora, al verlo tan cerca y dirigiéndose a ella de un modo tan personal, sentía que sus emociones quedaban expuestas. Le costaba mantener el equilibrio. Sus piernas parecían temblar y ser incapaces de sostenerla.

Algo mareada, Anna se llevó las manos a las sienes.

En un segundo, unas manos fuertes la sujetaron, impidiendo que se cayera, y la llevaron a una silla.

Lo oyó jurar, y aquello hizo que ella recuperase el color.

Francesco metió sus manos, apretadas en puños, en los bolsillos de sus elegantes pantalones.

Allí, de pie, resultaba amenazante. Se notaba su impaciencia en cada uno de sus movimientos.

Ella se puso rígida, y dijo:

–No hace falta jurar. Y ya que lo preguntas, sí, tú eres el padre. Tú has sido el primero y el último –ella dejó escapar un suspiro de furia, por haberse enamorado de aquel sinvergüenza.

Francesco ya tenía la información que había ido a buscar. Ella no pensaba esperar a que él saliera huyendo, pensó.

–Pero quiero que te quede bien claro: no quiero

nada de ti. Jamás. Nadie va a saber por mí de tu relación con el niño. ¡Así que puedes volver con tu último ligue ahora mismo!

Hubo un silencio. Francesco estaba serio. Anna intentó adivinar qué pensaba, pero no pudo.

–¿Es verdad eso? –preguntó él, achicando los ojos, y vio cómo ella asentía.

Francesco se dio la vuelta y empezó a caminar hacia la ventana.

Era su hijo. Carne de su carne. Su corazón se encogió.

La miró con ojos de fuego. Su hijo. En el vientre de una mujer falsa, fingiendo no saber quién era él, engatusándolo, tramando todo aquello. ¡Manipulándolo de tal manera, que él había pasado de ser un cínico a ser como un adolescente enamorado!

¡Y él que había estado a punto de pedirle que fuera su esposa! ¡Ofreciéndole un compromiso para toda la vida! Algo contra lo que estaba él desde su adolescencia. Si ella le hubiera pedido a su padre que mantuviera la boca cerrada, y que tuviera paciencia, él se habría casado con ella, la habría cubierto de regalos, y habría asegurado el futuro económico de la familia de ella. Y luego se habría arrepentido amargamente cuando se le hubiera caído la venda de los ojos y hubiera visto la verdadera mujer de la que se había enamorado.

Y en cuanto a aquella vehemente pronunciación de Anna de que no quería nada de él, ¡no le creía! En cuanto naciera el bebé, empezaría a exigirle cosas.

Cuando oyó el ruido de la puerta, Francesco se dio la vuelta.

–*Signora*... –dijo él al ver aparecer a Beatrice.

Ésta se había puesto una falda de tweed y un jersey de color indefinido.

–¿Está su marido en casa? Me gustaría hablar con ambos.

Y terminar con aquello de una vez, pensó.

–Yo...

Beatrice estaba por señalar a su hija su falta de modales. Se había sentado allí como si fuera una piedra, sin ofrecerle asiento ni un café al invitado. Pero cambió de parecer. De pronto sintió que estaba por avecinarse otra catástrofe, y apenas asintió y se marchó.

–No hace falta que metas a mis padres en esto –dijo Anna–. Ellos no te conocen.

–Yo conozco a tu padre –respondió Francesco–. ¿No lo recuerdas?

¿Cómo podía olvidarlo?

–¡Me sorprende que me lo recuerdes! –respondió ella.

Estaba furiosa. Sentía desprecio hacia aquel hombre arrogante.

Se quitó el cabello de la cara, y dijo:

–Estoy intentando explicarte que mis padres no saben quién es el padre del bebé. No lo sabe nadie. Y como así será, ¡es mejor que te marches ahora! –exclamó Anna, furiosa por el modo en que él la estaba mirando.

Anna se sintió mareada y se sentó en una silla, convencida de que él se marcharía.

–Vete –dijo, cansada.

Era tarde. Porque su padre acababa de entrar.

–¡Oh, qué sorpresa! –exclamó su padre. Intentó sonreír. Pero estaba disimulando su aprensión. Ella se daba cuenta de que no era sincero. Y se lo atribuyó a aquel primer encuentro en que Francesco le había dejado una nota en la que la abandonaba.

–Nos sentaremos –dijo Francesco.

Como siempre, daba órdenes, pensó Anna.

La irritó ver a su padre obedecer, complaciente. Y a su madre, solícita, ofreciéndole café.

Francesco rechazó la invitación, con impaciencia. ¡Debía de pensar que eran todos patéticos!

Su padre tenía una actitud extraña. Parecía ansioso, acobardado. Anna no podía entenderlo. Generalmente era muy sociable. Era una persona alegre, viva, muy energética.

Entonces, ¿por qué se comportaba así con aquel italiano?

Lo lógico hubiera sido que su padre echase a Francesco de su casa, porque sabía cómo había tratado a su hija.

Un día, hacía meses, lo había encontrado en su invernadero, que había construido con viejas tablas y polietileno, y le había dicho:

–Papá, durante las vacaciones conocí a un italiano fantástico, Francesco. ¡Estoy loca por él! Y es increíble, ¡pero él siente lo mismo por mí! ¡Acaba de telefonear! Ha venido a Inglaterra, a verme. Llegará esta noche. Pero justo tengo un catering para una reunión en el ayuntamiento, así que no estaré en casa. Entretenlo hasta que vuelva, y hazlo sentir cómodo, ¿quieres? ¡Y no lo aburras con toda esa historia del safari!

No había podido ocultar que estaba loca de contenta, que estaba enamorada por primera vez en su vida.

Así que su padre sabía perfectamente lo que había hecho Francesco. Y sin embargo no había puesto objeción alguna a que lo mandara en su propia casa, ¡y mucho menos había salido en defensa de su hija!

¡Así que le tocaría hacerlo a ella!

–¿Y? –preguntó Anna, mirando a Francesco–. Si tienes algo que decir, será mejor que lo hagas. Tenemos cosas que hacer...

Él la ignoró. Se inclinó hacia delante y se dirigió a sus padres. Anna ya no le importaba, excepto como portadora de su hijo.

–Su hija está embarazada de mí. Nos conocimos cuando estuvimos en Ischia –miró a William con dureza–. Como supongo que saben. Y como madre de mi hijo, su hija ahora es responsabilidad mía.

–¡Oh! ¡Para ya! –lo interrumpió Anna, irritada por que él la hubiera excluido de la conversación.

Iba a hacerle ver que ella era una mujer adulta, responsable de sí misma. Pero se calló al ver que él la ignoraba y se dirigía a su madre.

–Usted estará de acuerdo conmigo, Beatrice, ¿puedo llamarla Beatrice?, en que no es bueno que una mujer en su estado esté sirviendo comidas y trabajando a todas horas, incluso por la noche, ¿no?

Él estaba desplegando su encanto en aquel momento, pensó Anna.

Y su madre estaba cayendo en su red. Tenía los ojos brillantes, la boca curvada de placer. Seguramente se alegraba de conocer la identidad del padre de su nieto.

–¡No creas que no se lo he dicho muchas veces! –dijo su madre–. Trabaja demasiado, y eso me preocupa. Pero no me hace caso. Siempre ha sido muy cabezota, ¡incluso de bebé!

En sus pensamientos Anna le agradeció cínicamente la ayuda a su madre.

Era verdad. Su madre se había quejado de lo que trabajaba. Pero necesitaban el dinero para sobrevivir. Así y todo, no iba a repetir aquello delante de aquel desgraciado. Él no entendía de problemas económicos, no tenía ni idea de lo que era que lo persiguieran los acreedores.

–Entonces, como soy responsable de ella, Anna se quedará en mi casa de Londres hasta el nacimiento del bebé. Yo no estaré allí, excepto en alguna ocasión, pero mi excelente ama de llaves y su marido se ocuparán de todo lo que necesite –dijo Francesco, despreciando cualquier opinión que pudiera tener ella–. Tendrá todos los cuidados y el descanso que necesita el bebé. Arreglaré todo para que acuda a una clínica particular cuando llegue el momento. Después del nacimiento... –Francesco miró a sus padres–. Organizaré una reunión entre nuestros respectivos abogados para establecer un fideicomiso para proveer lo necesario para la crianza del bebé, como colegios y esas cosas y su futuro bienestar.

–Eres una persona muy decente, muchacho –dijo su padre.

¡Parecía mostrar por fin algún signo de vida!, pensó Anna.

Anna se puso de pie y, finalmente, exclamó:

—¡Ahórrate las palabras! No voy a ir a ninguna parte contigo. No quiero tu ayuda. De hecho, ¡no quiero volver a verte ni a saber nada de ti!

Y desapareció.

Subió las escaleras y se marchó a su habitación.

¿Cómo se atrevía a ir allí y organizar su vida? ¿Quién se creía que era?

Su breve relación de vacaciones, de la que él había insinuado haberse arrepentido, había tenido el resultado de una nueva vida, pero eso no quería decir que él tuviera ningún derecho. ¡Él había perdido todo derecho cuando la había abandonado!

La indignación le sirvió de motor para subir las escaleras y llegar a su habitación. Sentía que se le debilitaban las piernas.

Tenía que hacer muchas cosas aquella mañana, pensó.

Como recuperar su camioneta... Algo que ya habría hecho si aquel italiano no hubiera ido allí. Hacer la compra en el pueblo. Pagarle al padre de Nick la batería. Llamar a Kitty Bates para saber exactamente el número de personas que irían el martes al cumpleaños de su hijo. Ponerse en contacto con Cissie y asegurarse de que ésta estaría disponible para ayudarla...

Temblando, Anna se tapó con la colcha y se reprimió las lágrimas de agotamiento y frustración.

Capítulo 4

¡AL FIN estaba tranquila!

Anna se tumbó en la playa y dejó que la acariciara el sol.

¡Aquello era una bendición!

Por primera vez desde que Cissie y ella habían llegado a la isla se sentía relajada y cómoda.

Para ser sincera, el hotel en el que estaban alojadas la intimidaba. Era demasiado lujoso y caro, con todas las extravagancias posibles para sus ricos huéspedes. Había elegancia y lujo sibarítico en todas partes, desde la elección de las cuatro piscinas cubiertas y al aire libre hasta las cafeterías, boutiques de diseño, saunas, hasta las esencias perfumadas y jabones en el lujoso baño que Cissie y ella estaban compartiendo.

Ella, con su ropa barata, se sentía un poco incómoda. Para Cissie era más natural, puesto que ella era una niña mimada, hija única de padres con dinero. Sabía cómo lucir seda y cachemira. Cissie, con su pelo rojizo y figura de modelo, y su ropa de marca, encajaba perfectamente. Ella hablaba su lengua e instintivamente sabía cómo mezclarse con la jet set.

—Anna, relájate. Andas por ahí sola y alicaída.

Puedo decirle a Aldo que arregle algo para ti, con sólo decir la palabra.

–¿Qué palabra? ¿Y quién es Aldo? –preguntó Anna.

Cissie puso los ojos en blanco.

–Aldo... es el que ha servido nuestra mesa todas las noches, ¡hasta tú debes de haberte fijado en él!

Era un muchacho delgado con ojos negros como el carbón y una sonrisa encantadora.

–¿Estás saliendo con él? –preguntó Anna, agrandando sus ojos verdes.

–Nada serio... Una aventura de verano. Deberías probarlo. ¡A nadie le amarga un dulce! –exclamó Cissie; metió crema protectora para el sol, crema de cacao para los labios y un par de gafas de diseño en una bolsa de playa–. Dijo que podía conseguirte algo. Y ahora, debo volar. Voy a encontrarme con él en la plaza del pueblo. Las normas para los empleados del hotel le impiden hacer relaciones sociales con los huéspedes, al parecer. De todos modos, piensa en la oferta. Te vendría bien divertirte un poco.

–No, gracias.

Anna sabía que hablaba como una tía vieja reprimida, pero ella no estaba interesada en aventuras fugaces, en el sexo por el sexo. De sólo pensarlo se estremecía.

Era posible que fuera una anticuada, pero para ella el sexo era amor. Y cuando se enamorase, y esperaba enamorarse algún día, sería para siempre.

Se puso el bañador negro de una pieza y se cubrió con el chal de seda que le había prestado Cissie, y se marchó de la enrarecida atmósfera del hotel, deseando no haber aceptado ir allí.

–¡No te atrevas a decir que no! –le había dicho Cissie–. Es todo un paquete: vuelo, transporte al hotel, un hotel fabuloso durante tres semanas. Sólo que mi madre se ha roto una pierna, y no puede ir. Está todo pagado, así que no hay nada que te impida hacerme compañía, ¿no?

En su momento la idea de unas vacaciones le había parecido bien. Era una oportunidad de escapar de lo que estaba sucediendo en su casa. Su padre tenía deudas hasta las cejas. Otra vez. No había más tierra que vender para mantener a distancia a los acreedores.

Su último plan era transformar diez acres de descuidados jardines en un safari park.

–Sólo hace falta inversores. ¡Es un negocio seguro!

Anna había oído aquello muchas veces.

Y ella tenía pesadillas en las que los viejos leones se comían a jirafas o, Dios no lo permitiese, a visitantes.

Por supuesto no iba a suceder.

Así que perderían Rylands, la casa familiar de su madre, y eso la iba a matar. Su madre siempre recordaba los tiempos en los que sus padres habían estado vivos, cuando Rylands era una de las mejores casas, con servicio doméstico y la holgura económica que da una cartera de acciones y la propiedad de ganado. Una cartera que su padre había decidido duplicar, pero que había perdido prácticamente.

Ahora la idea de escaparse ya no le parecía tan

divertida, puesto que Cissie estaba disfrutando con el camarero por ahí, y ella deambulaba por un hotel en el que se sentía totalmente fuera de lugar.

En el centro del pueblo se detuvo a comprar fruta y una botella de agua, y subió una cuesta rocosa, caminando por huertas con higueras y limoneros. Pasó por encima de un muro bajo de piedra hacia una zona de césped, con mariposas y abejas, y pasó por delante de un edificio de piedra que tenía las ventanas abiertas para que entrase el aire con perfume a mar y tierra, el calor del sol y el interminable azul del cielo.

Llegó a un camino estrecho que iba hacia una cala, un lugar con rocas donde penetraba el agua.

Era perfecto.

Se relajó en su lecho de canto rodado. Cerró los ojos.

Podía pasar allí todo el día, comer la fruta que se había llevado para el almuerzo, refrescarse en el mar, leer y luego reunirse con Cissie para la cena.

Medio dormida, Anna oyó voces masculinas que interrumpieron su soledad.

Entreabrió los ojos y vio a los extraños. Unos muchachos con ropa de deporte de diseño estaban sacando un bote de goma del agua.

El tercer personaje era distinto.

Era un hombre bronceado, vestido con unos vaqueros, con un cuerpo y una planta de actor de cine.

Sonriendo para sus adentros, volvió a cerrar los ojos, esperando que se marchasen a otro sitio. Oyó acento italiano. No sabía lo que decían, por supuesto, pero el tono de uno de ellos resonaba con autoridad.

Aquello despertó su curiosidad, y volvió a abrir los ojos. Al parecer, el hombre elegante agradecía al muchacho del bote por el viaje.

Luego volvió el silencio. ¡Estupendo!

Anna cerró los ojos y se relajó.

Pero empezó a sentir un cosquilleo interior, un calor que no podía ser sólo del sol.

–Esto es propiedad privada –le dijo alguien.

Ella se irguió e instintivamente se cubrió con el chal de Cissie. Recogió su picnic y lo metió en su bolsa de plástico, junto a sus viejas zapatillas y su libro.

Al verla recoger torpemente sus cosas, Francesco se lamentó de haber empleado aquel tono tan duro con ella.

Aquel sentimiento de lamento no era algo habitual en él.

Cuando había estado de pie mirándola, había visto el contorno de su cuerpo, remarcado con el sencillo bañador, su pelo rubio, su rostro bello, y había sentido que sus labios se curvaban con cinismo.

Estaban en todas partes. Se las ingeniaban para llamar su atención de cualquier modo, incluso metiéndose en su playa privada. Las mujeres que iban tras su dinero aprovechaban cualquier oportunidad para lograr su objetivo.

Y sin embargo...

Esperó a que ella hiciera los movimientos típicos del coqueteo, humedecerse los labios con la lengua, pedirle disculpas nada sinceras, con voz sensual...

Pero ella había desaparecido como un gato asustado. Había recogido sus pertenencias con poca gracia, y cubriéndose, en lugar de mostrarse, se había dispuesto a desaparecer.

Tal vez él se hubiera equivocado. Siempre había una primera vez.

Él frunció el ceño cuando ella lo miró. Eran verdes. Él se sintió algo avergonzado por sus deducciones injustas. La vio ponerse colorada, mortificada.

—Lo siento. No sabía que ésta era una playa privada. Me iré ahora mismo.

Anna nunca se había sentido tan desorientada en su vida. Aquella voz había irrumpido en su soledad, sobresaltándola, cuando ella se había creído sola.

Y en aquel momento, cuando miró a aquel hombre, sintió un cosquilleo interno. Él era demasiado masculino, demasiado hombre, demasiado atractivo... Con aquel pelo negro sedoso, ojos grises penetrantes, aquella aristocrática nariz, y esos pómulos salientes y aquella boca sensual...

Y ese físico...

Anna tragó saliva y hundió su cabeza, avergonzada por haberse puesto colorada.

Se dio la vuelta para marcharse, se tropezó, y él la sujetó con su fuerte mano. Ella se estremeció.

—No hace falta que te vayas —le dijo él.

—Pero has dicho...

—Sé lo que he dicho —dijo él con tono amable y divertido a la vez.

Ella lo miró de lado y vio su torso ancho y perfecto, con la cadena dorada alrededor de su cuello que dejaba marcas verdes en su piel.

¡No era un playboy rico entonces! Ningún playboy se dejaría ver con algo tan barato. Era una persona normal, como ella, ¡si alguien así podía llamarse normal!

Ella alzó la vista y vio sus ojos. Eran grises, con un brillo plateado. Parecían sonreírle en aquel momento.

—Pero sé que su dueño está de vacaciones, y estoy seguro de que no querría estropearte el día —agregó él.

Había cometido un error. Ahora tenía que arreglarlo. Por experiencia sabía que las mujeres interesadas nunca se ponían coloradas. Incluida su madre, que no se había contentado sólo con dejar sin un céntimo a su padre, sino que le había roto el corazón cuando ella había encontrado un partido mejor que su padre, cuando las cosas habían empezado a empeorar económicamente.

No quería pensar en aquello, así que volvió la atención a la extraña, que parecía incómoda y seguía colorada.

—Me da la impresión de que prefieres la soledad a las multitudes, ¿no?

Anna dejó escapar un suspiro profundo y sonrió. Asintió.

Al principio aquel muchacho la había asustado con su voz profunda y su autoridad.

Ahora parecía amable y simpático...

—Por favor, vuelve a ponerte cómoda. Disfruta del día —insistió él.

Ella tenía un cuerpo espectacular. Curvas muy atractivas, un escote tentador, una cintura que podía abarcar con dos manos...

Francesco frunció el ceño, y dijo:

—Oye, no te lo tomes como algo personal, pero hay algunos tipos poco recomendables por aquí. Una mujer atractiva sola podría verse en una situación desagradable.

No era sólo atractiva. Era adorable, su pelo, su cara, y un cuerpo impresionante. Involuntariamente, él sintió una punzada de algo en sus partes. «¡Basta!», se dijo. Eso no era lo que él quería.

Las mujeres con las que él se acostaba sabían cuál era el juego. Él nunca había tocado a una inocente, y todo apuntaba a que la chica que había entrado en la playa privada era eso. Y era el motivo por el que él se había puesto protector de repente, pensó. La idea de que alguno de los jóvenes a la caza de veraneantes se abalanzara sobre ella, con dulces palabras y falsas promesas, y la sedujera, le hizo apretar las manos en puños.

Allí estaría segura. Los lugareños sabían que no debían traspasar la propiedad, y los visitantes solían agruparse en rebaños en las playas públicas, en las cafeterías y en las zonas comerciales.

Anna se sintió tentada de tomarle la palabra. Necesitaba soledad, la oportunidad de relajarse, de vaciar su cabeza de preocupaciones sobre lo que estaba sucediendo en su casa. Era el único modo de volver a Inglaterra, renovada y capaz de enfrentarse a los problemas.

—¿Estás seguro de que al dueño no le importa? —preguntó ella—. ¿No lo dirás sólo por decir, verdad?

Ella no quería molestar.

El extraño sonrió.

–Tienes mi palabra. Conozco muy bien al dueño.

El bote estaba en la costa. Evidentemente él debía de tener permiso para usar la cala.

–De acuerdo. Gracias –sonrió Anna.

Volvió a hacerse un nido encima de las piedras, luego se decepcionó al ver que él estaba a punto de marcharse.

Ella no quería que él se marchase, pero no quería analizar el porqué.

Metió la mano en su bolso y sacó dos melocotones.

–¿Te apetece uno? Remar debe de dar mucha sed.

No había oído ruido de motor. Quizás él no pudiera permitirse tener un fueraborda...

Aquel hombre le había inspirado cierta ternura. Tal vez lo hubiera logrado la falsa cadena de oro, pensó.

Él no se había dado cuenta de que la cadena le manchaba la piel...

–*Grazie* –dijo Francesco, sorprendido de sí mismo.

Tomó un melocotón y se preguntó si la piel de ella sería tan suave como la de la fruta.

–¿Eres inglesa? ¿Te alojas en la isla? –preguntó él.

Ella asintió. El zumo de melocotón se le resbaló por la barbilla.

Anna nombró el hotel y vio que él achicaba los ojos. Ella se sintió inmediatamente incómoda.

Si era una persona del lugar, sabría que aquel hotel costaba un ojo de la cara.

Ella estaba a punto de darle una explicación del

motivo por el que se estaba alojando allí cuando lo
oyó exclamar:

–*Madre di Dio!* ¡Me has hecho acordar! –se puso
de pie. Le sonrió y agregó–: Mis... Hay unas personas esperándome para que las acompañe a hacer un
tour por la isla. *Scusi...* –se alejó–. Que lo pases
bien, *signorina*.

Aquella noche había soñado con él. Lo que era ridículo. Y se había despertado incendiada, lo que no
era nada común en ella.

¿Debería volver a la cala privada? ¿O no?

¿Aparecería él?

Sintió un nudo en el estómago.

Él tendría que ir a buscar su bote si tenía gente
que quería que le diera una vuelta por el mar. Por
otro lado, era posible que lo requiriesen nuevamente
como guía turístico y que no tuviera que volver a la
cala.

Aquella noche, durante la cena, mientras Cissie
le estaba contando lo que había hecho con Aldo la
noche anterior, Anna estaba distraída. No la había
estado escuchando realmente. Había estado demasiado ocupada mirando las otras mesas, preguntándose qué grupo habría contratado los servicios
de aquel apuesto italiano para que les mostrase la
isla.

Era ridículo. Si ella no conocía ni siquiera su
nombre.

Cuando llegó el servicio de desayuno, despertó a
Cissie.

–¡Despiértate!

–¿Por qué tanto apuro? ¿Dónde está el fuego? –contestó su amiga.

No había prisas. Era verdad. Pero el fuego estaba allí, dentro de ella, quemándola.

–Es un día precioso –dijo.

Se acercó a la mesa y sirvió dos tazas de café. Le dio una a Cissie, obligándola a incorporarse para tomarla.

–¿Vas a ver a Aldo hoy? –le preguntó.

Si iba a verlo, ella se marcharía a la cala. Si no, pasaría el día con Cissie, al lado de la piscina o visitando el lugar.

–Claro... ¿No me escuchaste anoche? Te lo dije durante la cena. Su tía tiene una pensión. Él vive con ella durante la temporada, y tiene una habitación. Me ha dicho que preparará el almuerzo para mí –la idea de aquel día entusiasmaba a Cissie.

Ésta dejó la taza en la mesilla y se levantó para darse una ducha.

Anna agitó la cabeza y bebió su café. La moral de Cissie estaba al día, plenamente en el siglo XXI, mientras que la suya... Bueno, era un poco anticuada...

Entonces, ¿qué hacía ella yendo a la cala privada con el corazón galopándole en el pecho y los ojos desorbitados tratando de ver si el bote seguía allí en la orilla?, se preguntó.

El bote estaba allí.

Con las piernas flojas, caminó hacia la orilla.

El hombre era fascinante. No era que quisiera tener sexo con él. Ella no era Cissie. Ella era práctica, sensata, ¡y con una moral muy alta!

Para demostrárselo, se lo quitó de la cabeza.

Y decidió darse un baño para refrescarse.

Él organizó todo metódicamente. Le pidió al ama de llaves que arreglase todo como para recibir a una huésped por un tiempo largo. Pagó a Nick la batería nueva y agregó una cantidad por su molestia y su tiempo... El joven no había querido aceptarlo, pero él había insistido. Y había ordenado la vuelta de la camioneta a Rylands. Le había dado sus excusas a su prima y se había marchado.

La futura madre de su niño estaría esperando.

Había llamado a la madre de ella, y le había pedido que convenciera a Anna para que hiciera las maletas y lo estuviera esperando. La mujer, Beatrice, muy agradable, había aceptado hacerlo, de acuerdo con él.

En cuanto a su padre, éste había quedado contento con el arreglo económico. Se había mostrado incómodo durante todo el encuentro, lo que dejaba claro que Anna lo había usado para intentar sacarle dinero a él.

En cuanto a la dulce Anna, que le había asegurado que no quería nada de él, era el típico caso de alguien que dice una cosa y hace otra.

¿No sería que esperaba una cantidad más grande para que ella lo dejara tranquilo?

¿O querría un matrimonio?

Francesco achicó los ojos. ¡Ni hablar!

Podía esperar toda la vida.

Sin embargo, mientras oía el sonido rítmico del parabrisas que limpiaba la lluvia de la luna, no pudo evitar recordar aquella mañana.

Aquella mañana.

La había visto caminar hacia la cala.

Era el lugar que él solía elegir cuando necesitaba estar solo y olvidarse de que era uno de los hombres más ricos de Italia, con todas las presiones y responsabilidades que eso acarreaba. Era el lugar donde no admitía que lo interrumpieran por nada del mundo.

Una norma que había sido rota por primera vez el día anterior, cuando su hombre de confianza había llegado, nervioso, diciéndole que había un problema, que necesitaba de su decisión. Una decisión que había tenido que tomar mientras remaba.

Cuando había llegado a la cala se había encontrado con aquella intrusa, había despedido a su ayudante y se había acercado a la chica para echarla de su propiedad.

Había sido un error. Y había terminado diciéndole que podía ir allí cuando quisiera, deseando no haberla asustado demasiado como para que no volviese.

Evidentemente no la había ahuyentado. Eso le hacía sentirse bien. No estaba acostumbrado a cometer errores.

Aquella mañana ella llevaba su glorioso pelo recogido. Se le escapaban algunos rizos. Llevaba aquella prenda de seda atada a la cintura, y debajo llevaba el mismo traje de baño que la vez anterior, el cual acariciaba sus pechos como la caricia de un amante.

¿Se daría cuenta de lo atractiva que era?, se preguntó.

Por el breve encuentro del día anterior, no estaba seguro.

Aquella mujer de... ¿veintipocos años? parecía inocente.

Se acercó con la intención de volver a asegurarle que no había problema en que ella estuviera allí, sin decirle, por supuesto, que la cala era propiedad suya. Ni que era el dueño de buena parte de aquellos terrenos, además del dueño del hotel en donde ella se estaba alojando.

Ella había estado nadando cuando se había acercado. Y sin pensárselo, había nadado hasta ella.

La vio agrandar los ojos, verdes como el mar, antes de sonreír al reconocerlo.

Desde aquel momento, sin saberlo, lo había cautivado. Con su calidez, su belleza, y aquella sencillez que había derretido su corazón. Era la primera vez que le ocurría algo así, y no entendía qué estaba sucediendo. Sólo sabía que no quería que terminase la mañana.

Tuvieron una conversación distendida bajo el tibio sol. Nada personal, aparte del intercambio de nombres. Él la había observado achicando los ojos cuando le había dicho el nombre, un nombre que aparecía en las columnas de cotilleos, en las páginas de Economía de Londres, donde tenía su oficina principal, y había esperado que ella lo reconociera.

Pero nada. ¡Ella no tenía idea de quién era él!

Él se había sentido como un niño de seis años en una mañana de Navidad. ¡Y la sensación había sido estupenda!

—Ayer me convidaste con una fruta. Hoy soy yo quien te invita a comer pasta. Cocinaré para ti.

Sorprendido por su propia invitación, Francesco esperó su reacción. Aquel sitio era inviolable para él, un lugar privado. Pero la compañía de ella lo deleitaba y no pensaba perderla.

¿Qué quería decir eso?

Los ojos verdes parecieron nublarse. Ella se soltó el pelo.

—No tengo ningún motivo oculto —le dijo él, pensando que ella necesitaba que la tranquilizara.

Las turistas inglesas eran un juego fácil, había oído decir. Y ella no era así.

—Me gusta tu compañía, simplemente...

Eso era verdad, ¿no?

Él le agarró la barbilla, y entonces ya no estuvo tan seguro.

Era una barbilla delicada. Él se estremeció. Era la primera vez que la tocaba.

Ella lo miró.

—Vale... De acuerdo.

De allí en adelante, el resultado fue inevitable, empezando por cuánto le había gustado a ella su pequeña cabaña de piedra.

—¡Es perfecta! ¿Vives aquí todo el tiempo?

—No todo el tiempo —contestó él.

Ella asintió.

—No. Supongo que no es fácil conseguir trabajo fuera de temporada. No suelen necesitar guías turís-

ticos si no hay turistas. Debes tener que ir al conti-
nente para conseguir trabajo. Pero, ¡eh! Debe de ser
maravilloso saber que tienes este sitio al que puedes
volver en primavera.

Su sonrisa lo encandiló. Tanto, que él casi le
contó la verdad. Pero, egoístamente, no lo hizo.

Era fantástico encontrar una mujer a quien le
gustaba su compañía, a quien le gustase él por sí
mismo y no por lo que poseía.

¿Incluso más que gustarle?, se preguntó.

Él sintió una excitación en todo su cuerpo.

A ella se le aceleró la respiración. Sus pechos su-
bieron y bajaron.

Él se disculpó por la sencilla comida que preparó.

—¡Está deliciosa! La salsa de hierbas está riquí-
sima. Y yo me gano la vida cocinando para cenas
privadas y esas cosas, ¡así que lo sé muy bien! No
hay mucho trabajo durante el verano, por eso he podido tomarme vacaciones.

Él fue conociendo retazos de su vida lentamente.
Y la escuchó.

Lo único que le importaba era que ella era la mujer más adorable del planeta.

Era inevitable.

Cómo sucedió la primera vez, él no lo sabría
nunca. En un momento ella estaba a punto de marcharse, agradeciéndole la cena, sonriéndole, reco-
giendo sus cosas. Y al siguiente él la estaba tocando.
Sus hombros tibios...

Ella lo tocó, acarició su pecho, donde el corazón
de él estaba latiendo furiosamente.

Y luego fue el frenesí. Una explosión dentro de

su cabeza, y entonces él la besó. Su boca se abrió para él y sus cuerpos se unieron. Ella gimió y movió su cadera para rozar su erección...

Y él supo que estaba entrando en el paraíso cuando empezaron a subir las escaleras lentamente, peldaño a peldaño, de la mano, hacia la habitación.

Llegaron al refugio de su cama donde él encontró el verdadero paraíso, el amor, por primera vez en su vida.

Él había aceptado con total naturalidad el hecho de que ella fuera virgen, y de que él no se hubiera puesto ninguna protección.

Porque había encontrado a la mujer con la que quería pasar el resto de su vida.

Capítulo 5

ERA UNA tarde de lluvia cuando Anna oyó el ruido de la llegada del coche de Francesco. No había duda.

Ella sintió un nudo en el estómago y recogió las cosas de aseo en un bolso y siguió a su padre mientras éste bajaba su maleta. La habían dejado sola hasta la hora de comer, y luego su madre había entrado en su habitación.

—Cambia esa cara —le dijo Beatrice—. Primero comerás, y luego tienes que hacer las maletas. Francesco te recogerá sobre las cuatro.

¿Cuándo había decidido su madre representar aquel papel de mujer decidida?

Era irritante...

—Si piensas que me voy a ir con él, estás equivocada.

—¡No seas chiquilina! No es propio de ti, Anna. Sé que esta mañana ha sido un shock, para todos nosotros, pero alguna vez debes de haber pensado que él era especial. Es el padre de tu bebé, después de todo.

¡Ella no quería recordarlo!

—Tu padre y yo hemos tenido una larga conversación con él después de que tú te fueras. Se ha tomado en serio sus responsabilidades, Anna. Está decidido a que te relajes antes de dar a luz. Tiene interés en el bienestar del bebé, después de todo... Y en eso estoy de acuerdo totalmente con él. Te he estado diciendo todo este tiempo que no es bueno para ti ni para el bebé que lleves el negocio tú sola. En mi opinión, y en la de tu padre, él es un hombre íntegro.

Ella no podía creerlo.

—Él nos ha asegurado que tú tendrás los mejores cuidados, y que tendrás un obstetra privado de renombre que pagará él, todas las cosas que nosotros no podríamos darte. Y para dejarnos tranquilos, mañana enviará un coche con un conductor para recogernos a tu padre y a mí, para que nos quedemos contigo un par de días y quedemos convencidos de que todo va bien. Y mientras estemos contigo, su abogado redactará un documento, estableciendo la cantidad que te pagará como manutención del bebé, cantidad que será la adecuada y justa.

Evidentemente, Francesco había puesto a sus padres de su parte.

¿Y ella no tenía nada que decir, según ellos?

Se trataba de su bebé, de su cuerpo. No la iban a empaquetar como si fuera un bulto, trasportada y llevada a algún sitio en el que ella no quería estar.

—Muy correcto. Muy organizado. Pero dime, ¿cómo os vais a arreglar papá y tú sin mi contribución económica?

—Eso ya está todo arreglado. Él le ha dado un cheque a tu padre para cubrir tus ingresos de los próximos seis meses. Un cheque muy generoso, si me permites decirlo...

Después de otras cosas por el estilo, Anna se resignó e intentó no preocuparse demasiado porque no sería bueno para su bebé.

Y tenía que admitir que a ella también le preocupaba la perspectiva de ser una madre soltera. La situación sería soportable, si Francesco cumplía con lo que había dicho y apenas aparecía por la casa.

Aun así, no pensaba darle la satisfacción de que supiera lo fácilmente que había cedido. Así que irguió la espalda y lo miró con frialdad cuando se encontró con él en el vestíbulo.

Estaba tan atractivo como siempre. Llevaba un traje gris de seda con mohair a medida, que resaltaba sus anchos hombros y estrechas caderas.

Sus ojos grises de fría plata estaban empañados por sus largas pestañas cuando ella hizo su aparición.

Ella sintió una punzada de excitación sexual, totalmente fuera de lugar.

Cuando él se acercó, ella le dijo sin mirarlo:

—Hago esto contra mi voluntad, para que lo sepas.

—¿De verdad? —dijo él—. ¿Por qué? ¿Por el arreglo económico? Tus padres parecen satisfechos.

—Bueno, es posible. Pero no es suficiente... —dijo ella, expresando sus pensamientos en voz alta.

Deseó que su niño tuviera un padre apropiado, uno que los quisiera a ambos, que estuviera a su lado de forma permanente, uno que no pensara que el dinero era lo único que contaba.

—Me imaginaba que no —dijo él—. Pero no voy a

ofrecerte más. He cometido un error, y acepto la responsabilidad que supone. Mantendré al niño económicamente, y ésta es mi oferta final.

Demasiado arrogante y despreciativo, pensó
Anna.

Anna miró por la luna del coche, odiándolo.
¡Creía que ella quería más dinero!

Él había dicho «error». Se refería cínicamente a
aquella primera vez, cuando él había estado demasiado dominado por la lascivia como para pensar en
la contracepción, y ella había estado demasiado
abrumada por la sensación de haberse enamorado
por primera vez como para pensar en las repercusio-
nes.

Y sus declaraciones de amor no habían tenido
otro fin que el asegurarse el poder tener más de lo
mismo mientras ella estuviera en la isla. Declaraciones que la habían hecho creer que estaba en el paraíso.

«¡Desgraciado!», pensó.

¡Y pensar que ella había hecho planes para irse
con él a Italia! Tal vez poner un pequeño restaurante
juntos...

¡Qué tonta había sido!

Eso había sido antes de descubrir lo que él había
ocultado tan cuidadosamente: que era rico.

Lo había ocultado porque había pensado que ella
podía querer meter las manos en su riqueza.

Así que lo dejaría seguir pensando que ella quería que le diera más dinero para mantener a su hijo.
No le diría que cuando ella había dicho aquello en lo
que había pensado era en una familia de verdad, en

una madre, un padre y un niño que se querían y cuidaban, ¡todo ese cuento de hadas!

Los hombres como él, mentirosos y sinvergüenzas, automáticamente pensaban lo peor de todo el mundo.

Y ella no iba a poder cambiar al género humano. Así que se ahorraría palabras.

—Tienes que cambiar tu actitud –dijo él–. Querías que todo saliera a tu gusto, pero no lo has conseguido. Acéptalo y deja de actuar como una niña caprichosa que acaba de descubrir que no puede tenerlo todo. Mientras estés en mi casa de Londres, tratarás a mi ama de llaves, Peggy Powell y a su esposo, Arnorld con el respeto que se merecen. Espero no volver a ver tu comportamiento maleducado –la miró–. Puedes ser dulce y encantadora cuando quieres, como bien sé yo, a mi coste.

Francesco frunció el ceño.

Se lamentó de haber aludido al pasado. Eso era pasado. Lo mejor era olvidarlo.

Al parecer, a su lado, él cometía muchos errores.

—¿«A mi coste»? –repitió ella–. ¡Dudo que notes siquiera el dinero que vayas a pagar por nuestro bebé!

«Nuestro bebé», pensó Anna. ¿Desde cuándo hablaba en plural de ellos?, se preguntó.

Si él la hubiera querido como le había dicho, ella se habría sentido feliz de compartir la felicidad de un niño. Pero ahora que sabía el daño que le había hecho, la enfurecía pensar en ello.

Francesco intentó relajar las manos sobre el volante.

Ella no había tenido reparo en aclarar que se trataba de una cuestión económica estrictamente, pensó él.

Anna se sintió aliviada cuando llegaron a su destino, después de un largo viaje caracterizado sólo por esos escasos intercambios tensos.

Debería haber sabido que su casa sería una elegante casa de ciudad en una tranquila plaza de Londres, y que destilaba discretamente poder y riqueza. Pero no fue eso lo que la hizo sentir nerviosa.

¿La tratarían los Powell, a cuyo cuidado estaría, como a un gato abandonado que su jefe había recogido de algún sitio? ¿O como a una mujer pecadora?

¡No aguantaría ninguna de las dos cosas, y se marcharía en el primer tren!

—Ven —dijo él con impaciencia, llevando su maleta.

Anna lo siguió. Al parecer, ella era una molestia de la que él quería desentenderse cuanto antes, pensó ella.

¿Y por qué le extrañaba? No era nada nuevo.

¿Por qué tenía ganas de llorar entonces?

Probablemente se debía al caos hormonal del embarazo, pensó ella, pestañeando para quitarse la humedad de los ojos.

Cuando los abrió, vio a una mujer pequeña vestida con un vestido negro, pelo cano y corto, y una sonrisa que contrastaba con su aspecto severo.

—Peggy, siento haber llegado tarde. Me temo que

nos han retenido algunos asuntos –dijo él con tono cálido.

El tono que había empleado con ella alguna vez. Y Anna se sintió excluida de repente.

Francesco se giró, y dijo:

–Peggy, te presento a Anna Maybury. Como te he dicho, necesita descanso y relajación, y espero que vosotros se lo deis.

Anna se sintió incómoda. Pero se relajó cuando vio que la mujer la miraba con una sonrisa.

–¡Lo disfrutaré! –le dijo–. Ven, Anna. He retrasado un poco la cena, pero supongo que querrás refrescarte primero. Te mostraré tu habitación, querida... ¡Arnold!

Como por arte de magia, un hombre grande apareció silenciosamente. Saludó a Anna, y agarró la maleta antes de dirigirse a la impresionante escalera.

–Anna va a comer en su habitación cuando se instale –dijo Francesco–. Yo sólo tomaré un sándwich y café en mi estudio. Mañana me voy a los Estados Unidos a primera hora de la mañana, y tengo trabajo que terminar antes. Y, Peggy, no te molestes en hacerme la maleta. Yo lo haré.

Ni una palabra dirigida a ella, pensó Anna cuando lo vio marcharse. Ella no sabía si sentirse ofendida o aliviada.

Pero ¿qué había esperado? ¿Un emotivo adiós? ¿Una promesa de que la llamaría más tarde por si necesitaba algo?

«¡Vuelve a la realidad!», se dijo.

Se trataba de un hombre que no quería que un día le echase en cara su evasión de responsabilidades en cuanto a niño y madre. Él quería dejar todo bien atado en un documento y que quedara todo claro.

Así que debía ponerse contenta de que probablemente él desapareciera yéndose a los Estados Unidos hasta que ella diera a luz y supiera que había vuelto a Rylands.

Anna siguió a Peggy.

Estar cerca de él era más traumático que aceptar su ausencia.

Una semana más tarde, ella estaba excitada porque cada vez faltaba menos tiempo para que pudiera tener al bebé en sus brazos.

El jardín del fondo estaba muy verde y era un oasis de tranquilidad en el corazón de la incansable ciudad. Arnold se ocupaba de él con esmero, y a Anna le gustaba ayudar cuando podía, pero el hombre no la dejaba hacer mucho.

Le gustaba desayunar en la terraza cuando el tiempo estaba bueno. Y aquella mañana era espectacular.

–¿Has dormido bien? –preguntó Peggy mientras quitaba la bandeja del té, el zumo de naranja y las tostadas de la bandeja y las colocaba en la mesa.

–Más o menos –sonrió Anna.

En aquel estadio de su embarazo era imposible estar cómoda en la cama.

–Recuerda lo que te ha dicho el señor Willoughby-Burne.

–Que debo decirte cuándo empiezan las contracciones y que Arnold me llevará en coche a la clínica

–respondió automáticamente Anna. Luego, al ver el ceño fruncido de Peggy, agregó–: Lo siento... ¡Por supuesto que lo recuerdo!

Se había hecho muchas pruebas a pedido del obstetra, el señor Willoughby-Burne, pero no conforme con ello, había pedido que le mostrasen la clínica. Y se había quedado con la boca abierta al ver que aquello parecía más un hotel de cinco estrellas que un hospital maternal.

Lo que demostraba que Francesco no escatimaba dinero en sus obligaciones.

Sus ojos se nublaron con lágrimas cuando Peggy se marchó.

El padre del bebé debía ser quien recibiera al bebé cuando éste hiciera su aparición. Él debería ser quien la llevase al hospital... Quien se quedase con ella...

Despreciándose por sentirse tan sensible, agarró el zumo de naranja.

¿Qué diablos le pasaba?

Por supuesto que Peggy y Arnold serían quienes la acompañarían en todo el proceso. Desde que había llegado allí la habían cuidado como a una hija y a una huésped muy valiosa. Mientras que el sinvergüenza no había aparecido, ni se había puesto en contacto con ella. Sólo había llamado por teléfono ocasionalmente, al parecer, para estar al corriente de lo que sucedía a través del ama de llaves, Anna suponía, para supervisar que ella no se estaba comportando descortésmente con sus empleados.

Con la mano temblorosa, se sirvió té en una taza de porcelana.

–¿No vas a comer las tostadas? –oyó una voz.

Anna puso la tetera en la mesa de golpe.

¿Cuánto tiempo llevaba mirándola Francesco desde la puerta?

Ella sintió una punzada de deseo, destruyendo lo que le quedaba de autoestima.

¿Cómo podía reaccionar así su cuerpo ante un hombre que la había engañado tan miserablemente y luego la había abandonado?

Turbada por la emoción, Anna lo observó caminar hacia donde estaba sentada ella. El corazón de Anna latió aceleradamente. No podía leer su mente, ni adivinar lo que escondía el brillo empañado de sus ojos.

Elegante y distante, lo vio acercarse con aquellos hombros anchos y aquellas piernas fuertes.

Pero Francesco no había sido siempre distante.

Enfadada consigo misma, Anna agitó la cabeza al recordar cómo había sido la relación entre ellos.

–No quieres que vaya hacia ti. Acabas de agitar la cabeza –dijo él, apartando una silla. Se sentó–. Agitas la cabeza hacia mí.

–No puedo impedírtelo –dijo ella sin mirarlo. No podía.

Lo único que podía hacer para disimular aquella excitación sexual que él provocaba era fingir indiferencia.

–Es verdad.

¡Tenía la desfachatez de hablar con tono jocoso!, pensó ella.

–Veo que tu carácter no ha mejorado. Pero tu aspecto, sí. Estás mucho mejor, menos cansada. Y hermosa, por supuesto –dijo él.

–Sí. Es cierto.

¡Él era un monstruo! «Hermosa» podía aplicarse a una modelo, ¡no a una mujer con su aspecto!, pensó ella.

–¿A qué has venido? –preguntó Anna, sin rodeos.

–Es mi casa. O una de ellas. Y quería saber si has firmado el acuerdo, si tus padres estaban satisfechos con mi provisión para que el niño tenga un futuro seguro.

–Es satisfactorio –respondió ella, disimulando una sonrisa pícara.

Pronto él descubriría que ella le había pedido a ese abogado suyo que redujera el monto propuesto en unos tres cuartos. Ella quería la tranquilidad de saber que si el negocio le iba mal, su hijo tendría las necesidades básicas cubiertas. ¡No quería vivir lujosamente a sus expensas!

–Bien –respondió él con dureza.

Y se reprimió un comentario cínico señalando que por fin ella había decidido cortar por lo sano y conformarse con lo que pudiera sacarle.

–¿Y tus padres han disfrutado de su corta estancia aquí?

Anna asintió. No iba a hablar de ello. Del modo en que su madre había babeado mirando su casa, sus cuadros valiosos y hermosas antigüedades, recordando seguramente las cosas que había habido en Rylands y que habían tenido que vender para pagar sus deudas.

Ni lo que había dicho su madre:

–Es triste, pero tenemos que aceptarlo. No podemos esperar que Francesco se case contigo. Un hombre de su posición tendrá montones de mujeres ricas y hermosas a su disposición.

Francesco pensó que en verdad no sabía qué estaba haciendo allí. Su intención había sido quedarse fuera hasta tener noticias de Peggy de que ella ya había dado a luz, y que después de un adecuado intervalo, la habían llevado a Rylands nuevamente al cuidado de sus padres. Y luego de cumplir con sus obligaciones económicas, olvidarse de ella para siempre.

Pero algo que no sabía qué era lo había llevado a alterar sus planes.

¿Estar con ella cuando naciera el niño? ¿Para apoyarla y reconfortarla?

¡No era posible!

Su cuerpo se tensó.

¿Para estar tranquilo de que todo iba bien y que ella tenía mejor cara? Era posible. Muy posible, de hecho.

Ciertamente más cerca de la verdad que lo que le había contestado. Él no era un hombre sin corazón. O no completamente.

Satisfecho con aquella respuesta, Francesco se relajó y la observó.

Era verdad. A pesar de que ella no le hubiera creído, era hermosa. Sus enormes ojos verdes, su piel blanca sedosa, esa cara bonita, y hasta ese cuerpo voluminoso, tenían una belleza que lo conmovía profundamente.

Su mirada bajó hasta aquella boca sensual, el único rasgo que contradecía todo aquel aspecto de inocencia.

Él sintió que se excitaba, y cerró los ojos.

«*Dio mio!*», pensó.

Ahora ya sabía el tipo de mujer que era. No lo sorprendía desprevenido.

Cuando la volvió a mirar, sus ojos estaban fríos.

—Termina de desayunar —se levantó de repente y se marchó.

No veía la hora de que llegara el nacimiento. A partir de entonces un hombre de su equipo de seguridad se ocuparía de velar por el bienestar del niño y de tenerlo al corriente de todo.

Pero él no volvería a tener relación con la madre.

Anna tenía contracciones cada diez minutos. Estaba sentada al borde de la cama.

¿Podía venir un primer bebé una semana antes?

¿Y cómo se sabía si era una falsa alarma del parto?

Todo lo que le habían dicho en la clínica parecía habérsele olvidado. Se puso las zapatillas, agarró su viejo chubasquero del armario y tomó la pequeña bolsa que llevaba preparada desde hacía días. Se preguntó si debía despertar a Peggy y a Arnold. No se molestarían si era una falsa alarma.

Pero en el corredor tuvo una contracción muy fuerte, que la sorprendió, y la hizo agarrarse de una mesa que tenía a mano. Aquello la hizo pensar que el trabajo de parto era real.

Casi inmediatamente se abrieron dos puertas. Francesco se estaba poniendo un par de pantalones, saltando en una pierna, con el pelo despeinado. Y

Peggy se estaba poniendo una chaqueta tejida a mano.

—Yo la llevaré, Peggy. Vuelve a la cama —dijo Francesco, y miró a Anna.

Ésta estaba en camisón, con una horrible chaqueta sobre su voluminoso vientre, con gotas de sudor en la frente.

—Nos ahorrará tiempo —le dijo a Peggy—. Tú quédate ahí —le dijo a Anna—. Iré a buscar el coche —se dirigió a Anna.

Anna lo vio bajar las escaleras a toda prisa, ponerse un jersey mientras bajaba.

Parecía un nervioso futuro padre. Era una idea bonita. Pero no era verdad, pensó Anna.

—¡Es tan perfecto! —Anna miró al bebé con ojos de amor, y luego miró a su padre.

Para su sorpresa y gratitud, Francesco no la había dejado sola un momento, animándola, halagándola, dando órdenes al grupo de médicos, como si supiera lo que ella necesitaba, tomándole la mano y secándole la frente.

Francesco, en estado de shock, tocó la mejilla suave de su hijo, miró sus ojos, y se enterneció.

Su hijo.

Carne de su carne.

Sintió un nudo en la garganta.

¿Cómo había podido, por un solo momento, pensar que podría vivir apartado de su hijo?

En ese caso no vería la primera sonrisa de aquel diminuto milagro, ni oiría su primera palabra, ni vería dar sus primeros pasos, ni guiaría su infancia y adolescencia, ni lo vería transformarse en hombre...

Madre de Dio! Debía de haber estado loco si había pensado que podía renunciar a su hijo.

Él no era como su padre. ¡Se moriría antes de negarle su corazón a su hijo sólo porque su madre fuese una lagarta!

–Iré a telefonear a tus padres para darles la noticia –se excusó él.

Y dejó a su hijo con aquella mujer avariciosa, pensando que tendría que establecer unas duras y rápidas normas para el futuro.

Capítulo 6

TRES semanas más tarde, Anna colgó el teléfono de la cocina. Había estado ayudando a Peggy a preparar la comida cuando había recibido la llamada.

–No son malas noticias, ¿verdad? –dijo Peggy, levantando la vista de la tabla de cortar.

–No muy buenas. Mi madre... Al parecer, nuestra casa familiar tiene que venderse.

–Finalmente he convencido a tu padre para que acepte vender la casa, puesto que es la única forma de pagar todas esas deudas –le había dicho su madre–. No ha sido fácil convencerlo, por supuesto. Me ha llevado semanas. Y aunque no quería discutir con él, había que hacerlo. No quedará nada. Lo que no se lleve el banco se lo llevarán los otros acreedores. Tendrá que seguir con ese trabajo, lamentablemente, y yo intentaré encontrar algo también. Tendremos que alquilar un sitio pequeño en algún lugar...

El intento de su madre de poner tono de humor hizo que a los ojos de Anna asomaran unas lágrimas, pero ella pestañeó para ahuyentarlas.

–Si no hubieras sido tan torpe con la asignación mensual de Francesco, podrías haberte permitido alquilar una bonita casa para ti y el pequeño Sholto.

Tendrás que explicarle tus nuevas circunstancias y pedirle la asignación completa.

Anna no le contestó, pero pedirle algo a Francesco era lo último que haría en su vida.

No sabía nada de él desde el día en que había nacido el niño, cuando había levantado al niño en brazos y le había dicho que tenían que elegir un nombre juntos.

Ella había aceptado su propuesta, y juntos le habían puesto Sholto, como si fueran padres de verdad.

Desde entonces no había sabido nada de él. Había hecho lo que había pensado hacer desde el principio: desaparecer y dejarlos solos.

Ella se decía que él había hecho lo que ella había esperado, entonces, ¿por qué se sentía como si hubiera perdido algo?

No tenía sentido.

Anna se quitó el delantal que Peggy había insistido en que usara, aunque no valía la pena proteger su maltrecha ropa de embarazada. No tenía más ropa porque había pensado que, cuando tuviera al niño, enseguida volvería a su casa.

—Llevo demasiado tiempo teniendo una vida de lujo y descanso. Ya es hora de que vaya a ayudarlos en este trance.

Sus padres debían de estar deprimidos por perder Rylands, su padre maldiciéndose, y su madre, leal a él, le estaría echando las culpas a todo el mundo e intentando no llorar.

—Miraré los horarios de los trenes.

Anna sonrió a Peggy y se dirigió a las escaleras.

El cuarto del bebé había sido el primer indicio de que ella y Sholto permanecerían una o dos semanas más en casa de Francesco después de que Arnold y Peggy la hubieran ido a buscar a la clínica. No sabía cuánto tiempo más se hubiera quedado si no hubiera recibido la llamada de sus padres de aquella mañana. ¿Hasta que Francesco hubiera vuelto? ¿No era capaz de marcharse antes de verlo?, se preguntó.

Se enfadó consigo misma por aquel pensamiento.

Siempre le agradecería su apoyo y amabilidad durante su trabajo de parto, pero eso no quería decir que quisiera volver a verlo, se dijo.

Se inclinó encima del cuco donde estaba durmiendo su hijo. Sintió una punzada de amor.

No se había dado cuenta de que en cuanto había cerrado la puerta de la cocina, Peggy había ido al teléfono.

Anna estaba esperando impacientemente que volviera Arnold. Estaba sentada en una silla en el salón de la primera planta.

—Arnold te llevará a casa de tus padres —le había dicho Peggy cuando había asomado la cabeza en la habitación del niño mientras Anna daba de mamar al niño—. Ha ido a hacer un recado, así que puedes comer antes de marcharte.

—Oh, si a él no le importa...

Sería estupendo viajar en la comodidad del espacioso Lexus que usaban los Powell, en lugar de tener que llevar al bebé y todas sus cosas en un transporte público.

–¡Por supuesto que no! ¡Será un placer para él! Os echaré de menos a ti y al bebé –agregó Peggy–. En cuanto termines, ven a comer...

Comió, ayudó a Peggy a recoger, y luego hizo el equipaje. Así se pasó el tiempo. Pero ahora, esperando, parecía que no pasaba más...

Sería duro tener que dejar aquel mundo de comodidades y lujo, y conformarse con la sola alegría de ver a su hijo.

Pero había sido un breve interludio y tenía que volver a la realidad.

Tenía mucho que hacer. Arreglar Rylands para venderla no sería tarea fácil. Necesitarían un ejército de pintores, decoradores, jardineros y un largo etcétera que no podían pagar. No, ella tendría que volver a poner en marcha su negocio. Su madre, cuando había ido a ver al bebé, le había dicho que podía cuidar al bebé mientras ella trabajaba. Sería una pena dejarlo, pero tendría que hacerlo. Y luego, por supuesto, tendría que buscar un alquiler barato para vivir.

El motor de un coche llamó su atención y la hizo ponerse de pie. Como esperaba a Arnold, se decepcionó cuando vio a Francesco salir del Ferrari.

Se alejó de la ventana y se puso la mano en el corazón, que latía aceleradamente. Tenía las rodillas flojas mientras atravesaba la habitación. Odiaba el modo en que aún podía afectarle la presencia de Francesco.

Intentó recordar que ya no había nada entre ellos, y que ella seguiría adelante con su vida.

Bajaría a hablar con él y le diría que ella se marcharía con Sholto en cuanto volviera Arnold. Y le agradecería su ayuda y hospitalidad, aunque no muy efusivamente.

Salió al corredor decidida a hablar con Francesco.

Pero él se adelantó y subió a la habitación del niño, que estaba al lado de la de ella.

Anna tomó aliento y lo siguió, con un nudo en el estómago y un torbellino emocional en su interior al verlo de pie al lado del moisés, acariciando la mejilla del niño.

Ella podría estar al lado de él, ambos adorando aquella nueva vida que habían creado, en la seguridad de un compromiso de amor entre ellos, con un futuro juntos por delante.

Pero por un momento se sintió excluida.

Jamás sería así. No eran realmente una familia, se recordó. Posiblemente su hijo sería una novedad para él, pero la madre de su hijo era una compañera más de cama, nada más.

–No te preocupes. No voy a seguir viviendo de tu caridad por más tiempo. ¡Desapareceré de tu vista en cuanto venga Arnold! –dijo ella.

No sabía de dónde le habían salido aquellas palabras, llenas de rabia. Posiblemente de su caos interior de emociones, que había hecho que traicionase su intención de pronunciar un adiós cortés y frío.

Francesco se irguió lentamente. Se giró.

Sus ojos, notó ella, eran como dos trozos de hielo, y su gesto, duro. Seguramente la consideraba maleducada y digna de reproches, como le había dicho anteriormente, pensó ella.

Algo que él no aguantaría de nadie, y menos de una ex amante que no valía nada para él.

—Cierra la puerta cuando te marches. Y avísame cuando venga Arnold —le dijo Anna, disponiéndose a irse.

Él se acercó a ella. Le puso la mano en el brazo y le dijo:

—¡No me digas lo que tengo que hacer! —cerró la puerta de la habitación—. Desde ahora, soy yo quien digo lo que se hace. Te aconsejo que lo aceptes de buen grado. De otro modo, sufrirás las consecuencias de mi disgusto.

—¡Estoy temblando! —dijo ella irónicamente—. Recuerda que me habré ido en cuanto Arnold vuelva, ¡así que le darás órdenes al aire!

Francesco la hizo ir hacia el salón.

—Compórtate —la llevó hacia el sofá—. Tengo algo que decirte relacionado con tu futuro. Y el de mi hijo.

«¿Qué?», pensó ella.

Anna se sentó, preocupada, pensando qué se le estaría pasando a él por la cabeza. Ella lo miró.

Había dicho «mi hijo», y ella se había dado cuenta cómo había mirado al pequeño Sholto mientras dormía hacía unos minutos, y cómo lo había tenido en brazos en la clínica.

Sintió que se le helaba el corazón. ¿Querría quitarle al niño?

No podía hacer eso, ¿no? ¡Ella no se lo permitiría!

Anna se quitó el pelo de la cara, y le dijo:

—¡Habla de una vez! En cuanto llegue Arnold, me marcharé. Con Sholto.

Francesco levantó una mano para acallarla, y ella cerró la boca instintivamente.

Francesco apretó la boca, y dijo:

—Peggy me ha llamado por teléfono para decirme que te marchas. Arnold no te llevará a ninguna parte. Le he dado permiso para que vaya a visitar a su hermano.

—¡Entonces tomaremos un tren! —dijo Anna vehementemente.

Se dio cuenta de que Peggy la había engañado, le había mentido acerca de Arnold. Durante aquel tiempo realmente había confiado en la mujer, e incluso la había considerado una amiga, pensó Anna.

Así que tendría que usar el tren. No iba a pedirle a su padre que la fuera a buscar en su camioneta. Ésta estaba en tal estado que no lo llevaría lejos. Además, su padre conducía como un loco. Tenía la cabeza en las nubes...

—¡Nick vendrá a buscarnos!

¿Cómo no había pensado antes en él?, se preguntó.

Nick haría cualquier cosa por ella. Siempre lo había hecho.

Se puso de pie, y sin mirar a Francesco empezó a caminar hacia la puerta, pero él bloqueó su paso y le sujetó los hombros.

—No vas a ir a ningún sitio. Así que puedes olvidarte de tu caballero andante —le dijo—. Y no culpes a Peggy. Yo he tenido que estar fuera, pero le di instrucciones de que me avisara si notaba signos de que te querías marchar con mi hijo, y de que te retuviera aquí hasta que yo volviese. Afortunadamente, yo acababa de llegar de Italia para asistir a una reunión de directorio en la oficina de Londres.

Por un momento, sus ojos se encontraron.

Sus tormentosos ojos verdes con sus ojos grises de acero. Ella se excitó. Sintió vergüenza de sí misma. Sabía lo despreciable que era él detrás de esa fachada atractiva. Entonces, ¿por qué él era capaz de hacerle sentir semejante deseo?

Ella debería ser inmune a aquella poderosa sexualidad masculina.

—¿Por qué? —preguntó Anna a Francesco, sabiendo la respuesta.

Francesco quería a Sholto. Todo señalaba a ello.

Francesco la hizo sentar en el sofá y luego se sentó él. Luego la observó.

Anna intentó no dejarse asaltar por aquella ola de debilidad que la estaba asaltando.

¿Qué haría él? ¿Contraría a un equipo de abogados para conseguir la custodia del bebé?

Ella no lo dejaría. Lucharía por el bebé hasta el fin, pensó.

Porque sabía que Francesco era despiadado, un hombre manipulador con un montón de dinero que respaldaba sus acciones.

Sintió aprensión hacia él y la situación.

Esperó a que Francesco le dijera algo.

Él la miró con frialdad, y le dijo:

—¿Se te ha pasado la pataleta? ¿Vas a escucharme?

No quería escucharlo. Pero ella quería saber cuanto antes qué quería.

Anna asintió.

–Voy a casarme contigo –dijo él.

Anna se mordió el labio para convencerse de que no estaba soñando.

¡Francesco había hablado con una frialdad que parecía que acababa de anunciar que se iba a cortar el pelo!

Ella se habría reído en su cara si no hubiera sentido ganas de llorar. Le dolía. ¡Cuánto había deseado en la isla que él le dijera aquellas palabras! Porque él le había dicho que la amaba, y ella le había creído.

Anna bajó la cabeza y escondió el rostro entre su pelo. No podía dejar al descubierto sus emociones.

Francesco torció la boca.

Una vez había estado a punto de hacerle aquella proposición, pensó él. Había tenido el anillo preparado en el bolsillo de la chaqueta: con un diamante amarillo porque le recordaba al dorado de su pelo.

Pero unas pocas palabras de su padre habían hecho que él la apartase de su vida. Ella le había recordado que todas las mujeres eran iguales. Que no se podía confiar en ellas cuando se trataba de un hombre de su estatus.

Y ahora él estaba haciendo lo que se había prometido no hacer nunca: pedirle a una mujer que se casara con él.

Pero era necesario.

Había descubierto su devoción a su hijo. Y sabía que no podía apartarlo de su vida.

–Quiero a mi hijo –dijo él, dando voz a sus pensamientos–. Lo ideal es que un niño viva con ambos padres. Permanentemente. Yo creí que alcanzaría con hacerme responsable de él y mantenerlo económicamente. Pero desde que lo he tenido en mis brazos he sentido que no era suficiente. Por lo tanto... tenemos que casarnos. Porque, naturalmente, necesita también a su madre.

Anna, aún en estado de shock, se puso de pie.

—No. No me casaré contigo. ¡No podría soportarlo!

—Tú querías casarte con mi riqueza... Entonces, ¿por qué no quieres hacerlo?

Ella lo miró, quemándolo con la mirada.

Cuando había sentido que quería pasar el resto de su vida con él porque lo amaba profundamente, también había sentido que no podía vivir sin él. No había sabido que era rico. Ahora lo sabía. Y sabía otras cosas también.

—Tú no me amas. No amas a nadie más que a ti mismo —dijo ella.

—Amo a mi hijo.

—No hace falta que nos casemos —respondió Anna.

Casarse significaba compartir su cama, darle derechos sobre su cuerpo. ¡Eso la destruiría! Ella se conocía muy bien. Si compartía la intimidad con él, volvería a dejarse seducir por Francesco. Sentía una gran atracción sexual por él, a pesar de todo. Y no quería exponerse a esa debilidad.

—Si de verdad lo deseas, puedes ver a Sholto cuando quieras. Yo no voy a impedírtelo —le ofreció ella, desesperada.

Él la miró con indiferencia.

Anna tembló, y agregó:

–No funcionará... Me refiero al matrimonio. ¿Cómo puede funcionar? No nos amamos, y ambos sabemos que tú vas a irte con alguna de tus conquistas en cuanto puedas. Leo los periódicos, así que sé que eres un mujeriego, y que sueles tener siempre una mujer en el brazo –protestó ella–. Vamos a terminar peleando, odiándonos, y acabaremos tirándonos los trastos a la cabeza... ¡Piensa en el daño que podemos hacerle a Sholto con un matrimonio así!

Él la miró con una especie de desprecio burlón, y contestó:

–No voy a estar en tu cama. Esa necesidad puede ser fácilmente satisfecha.

Aunque no había tenido ningún interés en otras mujeres desde que la había conocido, pensó él. Pero no iba a decírselo.

Y en realidad le hubiera gustado estar en la cama de Anna, pensó sinceramente. La primera vez que la había visto se había sentido tentado, se había pasado toda la noche fantaseando con la sensación de aquel cuerpo delicioso. Y la realidad había sido mejor que sus sueños...

Pero no quería que volviera a suceder. Él era suficientemente fuerte. ¿Acaso no habían moldeado su carácter como al acero?

–Nuestro matrimonio será sólo un papel. Una fachada para que nuestro hijo tenga dos padres –Francesco frunció el ceño–. Inmediatamente después de la ceremonia, civil, por supuesto, iremos a la casa de mi familia, en la Toscana, donde mi hijo crecerá con la libertad y la felicidad que necesita. Tendrá la infancia poco complicada que yo no he tenido ni disfrutado. Tú, como madre suya, compartirás mi riqueza y mi estatus, disfrutarás del respeto que acarreará eso, y a cambio, no te quejarás nunca. Si intentas alejar a mi hijo de mi protección, o tener un amante, pasarás a la historia.

Ella se puso furiosa.

—Entonces, ¿tendré que vivir como una monja en una jaula de oro, lejos de mi familia y amigos? No, gracias. ¡Para mí no vale tanto una cama de oro!

—A ti te gusta el dinero... Y el sexo. Pero no puedes tener ambos. Acostúmbrate a ello —dijo con frialdad Francesco.

Ella se llenó de indignación.

¿Quién se creía que era?

Anna se puso de pie, incapaz de permanecer más tiempo sentada.

—En Ischia yo creí que eras el hombre más maravilloso, excitante y cariñoso que había conocido. ¡Ahora sé que eres un monstruo! —exclamó Anna—. ¡No me casaré contigo! ¡Y retiro el ofrecimiento de permitirte ver al niño! ¡No quiero que mi niño se contamine!

—Siéntate —él le agarró la muñeca y tiró de ella hacia él. Le clavó la mirada de acero.

La fuerza de su personalidad la asustaba, pero le sostuvo la mirada. No quería que viera su debilidad.

—Tienes una lamentable tendencia al drama... —dijo él—. Tú pusiste la mira en mi riqueza, no lo niegues. Ya es hora de que dejes de comportarte como una niña mimada y te enfrentes al hecho de que no puedes manipularme. Convéncete. O dime qué quieres de nuestro matrimonio y me lo pensaré.

Anna no dijo nada.

Nunca podría tener lo que quería.

Pero no iba a decírselo.

En cuanto a negar que quería meter sus manos en su dinero... Que pensara lo que quisiera. No pensaba dejar su corazón a sus pies y confesarle que lo único que quería era su amor.

–¿No tienes nada que decir? Me lo he imaginado –la miró con desprecio–. Entonces te daré los detalles de mi proposición, y así puedes decidir qué camino tomar.

Anna lo miró. Tenía las manos entrelazadas en el regazo, la boca seca de tensión, pensando con qué le iba venir ahora.

–Primera opción: nos casamos, con las estipulaciones de las que te he hablado. Y es más: me he enterado de la situación de tu padre y que tendrán que vender la propiedad de tu madre –Francesco se echó hacia atrás–. Si nos casamos, pagaré todas sus deudas y le daré un empleo en una de mis empresas para ayudarlo a superar sus... ¿excentricidades? Y no lo consideres un gesto filantrópico de mi parte –dijo cínicamente–. No sería bueno para mi imagen que se sepa que mis suegros no tienen un céntimo ni una casa.

Ella hubiera querido pegarle.

–¡Te odio! –exclamó Anna.

Evidentemente, él veía a su familia con desprecio, como seres inferiores que aceptarían sus dictámenes con humillante gratitud.

Ignorando su interjección, Francesco continuó:

—Si, no obstante, rechazas mi proposición, te prometo que te quitaré a mi hijo. Legalmente. Te lo aseguro.

Francesco se puso de pie, y agregó:

—Te dejo para que te lo pienses —miró su reloj, y añadió—: Tienes una hora para tomar la decisión.

Capítulo 7

ELLA le dijo que se casaría con él.
¿Sería una decisión equivocada?
Pero ¿qué elección tenía?

Si se hubiera negado, sus padres hubieran perdido la mansión familiar y su dignidad. Su padre estaba luchando por mantener un trabajo que era más adecuado para un hombre más joven. Y su madre estaba llorando la pérdida de la casa que había estado en manos de su familia desde hacía generaciones, e intentando ocultarlo.

Y ella habría tenido que vivir con la amenaza de perder a su hijo gracias a abogados listos y un saco sin fondo de dinero para lograrlo.

Así que no había tenido elección.

Ahora, veinticuatro horas más tarde de su respuesta, recordaba el frío comentario de Francesco: «Una sabia decisión».

Estaba sentada en la terraza, disfrutando del sol de la tarde con su bebé en su regazo. Recordó que aquella mañana se había despertado antes de que la despertase el niño con hambre, y que cuando había ido a la habitación del bebé se había encontrado con Francesco dándole el biberón.

Había sentido resentimiento porque él también le

negaba el único placer que tenía, que era ocuparse del bebé. Y porque él le había demostrado que tenía intención de ser un padre dedicado a su hijo.

Ella había vuelto a su habitación y no había vuelto a mirarlo.

En el regazo de Anna, Sholto movía las piernas y gorjeaba. El corazón de Anna dio un vuelco, lleno de amor.

Pensó que hacía bien en aceptar aquel matrimonio sin amor, por Sholto y los padres de ella, al menos.

Su hijo crecería con todas las ventajas que ella, sola, no podría darle, incluida la seguridad de tener a ambos padres. Y ella nunca, jamás, le daría la más mínima pista de que el matrimonio de sus padres era una farsa. Que lo único que compartían era la desconfianza y el desprecio.

¿Era un precio que valía la pena pagar?

Francesco se detuvo en la terraza, impresionado ante la imagen. Nunca había visto algo tan hermoso: madre y niño bajo la sombra de una acacia, su cuerpo curvado en gesto protector hacia el infante.

Anna era un hermoso enigma.

¿Era una inocente o una manipuladora muy lista?

A partir de la conversación que había tenido con su abogado aquella tarde, nada estaba tan claro como antes.

Se había quedado de piedra cuando su abogado le había dicho que ella había rechazado firmar el acuerdo de la manutención porque quería menos dinero, cubrir sólo las necesidades básicas.

Su abogado había pedido disculpas por su falta de comunicación acerca de aquel tema. Dar aquella información a Francesco no le había parecido necesario. Si la mujer hubiera pedido más dinero, habría sido diferente. Habría pedido inmediatamente instrucciones a su cliente sobre el tema.

Entonces, ¿qué estaba sucediendo?

Francesco frunció el ceño mientras miraba a su pequeño agarrar un mechón de su glorioso pelo.

Él nunca le había creído cuando ella había protestado diciéndole que no quería nada de él. Había creído que era un farol para ocultar su deseo de sacarle todo lo que pudiera, o un modo de convencerlo de que, cuando en la isla le había dicho que lo amaba, realmente no sabía quién era él. Lo que no podía creer. ¿No había dicho el día anterior que lo había visto en las revistas y en la prensa?

Su padre había dado la impresión de conocerlo de los periódicos económicos y le había sugerido que hiciera una inversión. Para él estaba claro que ella había mentido cuando había dicho que no sabía cuál era su posición económica.

Entonces, ¿cuál era su juego? ¿Fingir que no le interesaba su dinero hasta el punto de alterar aquel contrato sabiendo que, después de haber visto a su hijo, él le ofrecería casarse con ella? Dándole acceso a todo lo que era de él.

¡Muy astuta!

Francesco agarró al bebé, y le dijo:

—Yo me quedo con él. Hay gente esperándote. En tu habitación.

—¿Gente? ¿Quién?

Él no contestó. Luego acarició al bebé, y le dijo:

—*Ciao, bambino!* Pronto, cuando te crezcan esos diminutos pies, papá te enseñará a jugar al fútbol... ¡Y luego al ajedrez!

A pesar de su sensación de exclusión, Anna se sintió enternecida por las imágenes que evocaban esas palabras. Se imaginó a un hombre moreno con un pequeño de cabello oscuro, enseñándole a patear una pelota.

Los ojos se le llenaron de lágrimas. Pero pestañeó y las ahuyentó.

Suspiró porque le habría gustado estar incluida en aquella relación estrecha entre padre e hijo. Se levantó, se alisó su gastado vestido de embarazada y salió en busca de esa gente que no sabía quién era.

Cuando llegó a la puerta que daba al jardín, Francesco le dijo:

—Por cierto, he ido a visitar a tus padres hoy. Se pusieron muy contentos con la noticia de la boda. Y casi histéricos cuando les dije que saldaría todas las deudas.

Anna no dijo nada. Luego se dio la vuelta sin mirarlo para confirmar que lo había escuchado.

Se sentía humillada, y no quería que él la viera incómoda.

Le había dejado muy claro que aquel gesto lo hacía para proteger su imagen.

Subió las escaleras en dirección a su habitación. Abrió la puerta y se encontró con dos desconocidas. Eran dos mujeres elegantes, rodeadas de cajas que parecían de tiendas caras.

—¿Señorita Maybury? —le dijo la mayor—. El se-

ñor Mastroianni nos dio instrucciones de que traiga-
mos ropa para que se pruebe.

La mujer tenía acento... ¿francés?

¿Más caridad? No la quería.

–Lo siento... Han perdido el tiempo –dijo ella–.
No necesito ropa nueva.

La mujer alzó la ceja.

–El *signor* ha insistido –respondió.

–No.

Ella tenía ropa en Rylands. Alguien podía ir a
buscarla. Tal vez fuera una mantenida, por cortesía
del pequeño Sholto, pero no hacía falta que tuviera
aspecto de una de ellas.

Cuando fue hacia la puerta para despedirlas, las
mujeres la miraron con cara de horror.

No era culpa de ellas la situación en la que se encontraba ella, pensó. Era Francesco quien las había
enviado.

–De acuerdo. Me probaré una o dos cosas –cedió
ella.

Notó que las mujeres se relajaban y sonreían.

Sacaron varias prendas de las cajas de magnífi-
cos colores.

Después de todo, sería divertido probarse el tipo
de ropa de diseño que sólo había podido ver en revistas de moda.

Francesco podía comprarlo todo. Pero eso no
quería decir que ella fuera a usarlo.

Se quitó el vestido de premamá y se alegró. Le
parecía que hacía una eternidad que llevaba ese tipo
de ropa.

Era hora de que empezara a pasárselo bien.

Sobre todo porque las mujeres hicieron comentarios halagadores sobre lo bien que le quedaba la ropa, que Anna no se tomó muy en serio.

–El *signor* conoce sus medidas perfectamente –dijeron.

Ella se puso colorada.

Él conocía su cuerpo muy íntimamente. Aquella idea la excitó contra su voluntad.

Empezó a cansarse de aquel juego. Era una pérdida de tiempo. Se quedó de pie como una muñeca de madera, mientras las mujeres le ponían y le quitaban ropa.

–Muy guapa... Mire... –la acercaron a un espejo.

El vestido de seda se ajustaba a su cuerpo y a sus pechos perfectamente. Le llegaba a los tobillos. Sus pies pedían a gritos unos zapatos de tacón, y la mujer más joven acababa de sacar un par de una caja.

Anna abrió los ojos, sorprendida.

Parecía una sirena sexy.

¡No parecía ella!

Sus mejillas rosadas agregaron brillo a sus ojos verdes tormentosos.

Tenía prisa por quitarse el vestido. Pero la cremallera no quería bajar.

Con manos nerviosas lo intentó, pero no pudo. Miró en busca de ayuda, y entonces se encontró con la mirada de Francesco, que acababa de entrar.

Ella tragó saliva. Fue incapaz de desviar la mirada de él.

Estaba muy atractivo, con aquellos vaqueros y aquel chaleco sin mangas negro que exudaba clase y sofisticación natural.

Era irresistible, pensó con desesperación, mortificada por su debilidad, por su contradicción al desear a un hombre al que odiaba.

Francesco la miró.

–Madame Laroche, ¿pueden esperar abajo, por favor? Mi ama de llaves les servirá café. Yo iré en un momento.

Las mujeres asintieron, sonrientes.

Anna ni se dio cuenta cuándo las mujeres se marcharon.

Francesco se acercó, y ella no pudo concentrarse en nada más. Él parecía tenso.

Ella no podía pensar con claridad.

–Madame Laroche ha elegido bien –dijo Francesco, a centímetros de ella.

Él apenas podía respirar.

Aquel vestido se le pegaba al cuerpo, y era una invitación a tocarla, a pasar la mano por la suave tela.

–Ese vestido es dinamita –comentó él.

Anna sintió un cosquilleo en su interior. Se le endurecieron los pezones. Ella se cruzó de brazos encima de su pecho para ocultar sus pezones excitados.

–Madame Laroche puede llevárselo todo –respondió Anna–. Malgastarás el dinero si me compras algo. ¡No voy a usarlo!

–¿Por qué no? –él no dejó de mirarla.

Se excitó, y supo que aquello no podía continuar.

–Porque sólo quieres que use ropa como ésta para no sentirte avergonzado de mí. ¡Como te avergonzarías si supieran que tus suegros no tienen dónde vivir! ¡No es bueno para tu imagen!

–No. Ése no es el caso. Me gustaría ver a la madre de mi hijo con ropa bonita.

–¿Y se supone que yo debo darte el gusto? –Anna levantó la ceja–. ¡Antes me moriría! –agregó.

–No lo creo. De hecho, ha habido un cambio de planes –Francesco se acercó con suavidad.

Anna se quedó sorprendida.

–¿Qué quieres decir?

Debía de referirse a que había cambiado de parecer en cuanto a la boda, pensó ella. Y aunque era ridículo, aquello le daba un sentimiento de abandono.

–Nuestro matrimonio tiene que ser verdadero –dijo él.

Ella se puso colorada.

Todavía tenía los brazos cruzados.

–He descubierto que todavía deseo tu cuerpo –confesó él.

–Es sólo por este vestido –balbuceó ella, ocultando que se había ruborizado detrás de su melena.

–No, no lo es. He cambiado de parecer en cuanto a sólo guardar las apariencias del matrimonio. Sería incómodo, en estas circunstancias. Un matrimonio real haría las cosas más fáciles a ambos.

Al principio había pensado que tener a su hijo sería suficiente. Que podía concentrarse en el niño e ignorar la existencia de Anna excepto cuando fuera necesario, para asistir a algún evento social o de negocios, en el que tuvieran que aparecer juntos. Pero como se estaba volviendo loco de deseo, y sabía que podía hacerla arder también a ella, pensaba que un matrimonio sólo en los papeles sería imposible. Y que haría daño a su hijo.

Ella se puso nerviosa.

–Sexo... ¿Te refieres a eso? ¿Quieres decir que esperas que tenga sexo contigo? ¡Crees que pagas por ello! ¡Me sentiría como una prostituta!

–Tranquila –él intentó tocarla, pero ella lo esquivó. Seguía con los brazos cruzados sobre sus pechos.

Él respiró profundamente.

«*Dio mio!*», pensó.

Él había tenido muchas aventuras en su vida con mujeres hermosas que no habían esperado nada serio con él y que se habían retirado discretamente de la escena con un regalo de despedida cuando él había perdido interés.

Pero con Anna no sería así.

Era un misterio que tenía que descifrar.

–No sería así –dijo en voz alta. Tendremos una boda como es debido, no sólo una boda civil... Y nuestro matrimonio será consumado –dijo con voz sensual cubriendo la mano de ella con la suya. Sean cuales sean nuestras diferencias, no te olvides de lo bien que lo hemos pasado juntos en una época.

¿Cómo podía olvidarse?, pensó Anna.

Francesco la miró de arriba abajo. Ella se estremeció. Algo le decía que aquello era peligroso. Pero ella no podía desviar la mirada.

Lo vio sonreír levemente.

–Vamos a estar bien otra vez, te lo prometo –le puso las manos en los hombros, desviándolas hacia sus pechos.

Ella tragó saliva. Sentía que se derretía. Algo caliente la quemaba por dentro mientras él le decía:

–¿Por qué vivir en agonía durante años en nuestro matrimonio? ¿Por qué negarnos el placer que podemos darnos?

–Es sólo sexo –dijo ella, resistiéndose a perder una batalla que estaba perdiendo.

Lo deseaba y no podía negarlo. En Ischia se había vuelto adicta a él, y parecía que era un hábito difícil de vencer.

–No lo niegues...

Él bajó la cabeza y la besó en la boca con sensual maestría.

Ella se estremeció, luego se aferró a los hombros de Francesco para sujetarse.

Sin pensar en lo que estaba haciendo, Anna se apretó más contra él. Sintió su estremecimiento masculino mientras su boca la poseía hambrientamente.

Él la apretó contra la pared, y acarició su cuerpo deseoso de sus manos: la curva de sus caderas, la parte inferior del vientre, y nuevamente sus pechos. Deslizó la mano por el escote, y ella gimió de placer. Dejó de besarlo y echó la cabeza hacia atrás como invitándolo a más.

Él bajó los tirantes y apartó la seda de sus pechos. Se inclinó sobre ellos y los tomó uno a uno con su boca. Jugó con sus pezones.

Ella gimió de placer y hundió sus dedos en los sólidos músculos de sus hombros.

Y de pronto perdió totalmente el sentido de la realidad.

Estaba perdida nuevamente. Volvía a ser suya.

Y su cuerpo pedía a gritos una satisfacción que sólo él podía darle.

–¿Estás convencida? –él se apartó y se pasó la mano por el pelo–. ¿Te he demostrado lo bien que podemos estar juntos? Nuestro matrimonio no será un sacrificio –le sonrió maliciosamente–. Madame Laroche está esperando. Ponte algo que me guste para la cena de esta noche.

La puerta se cerró detrás de él. Anna se envolvió con sus brazos. Su cuerpo, no saciado, se estremeció. En manos de Francesco, ella era un juguete de su deseo, y él hacía lo que quería. Podía seducirla con una sola mirada, y dejarla totalmente sin voluntad.

Acababa de demostrárselo.

Y no había forma de escapar de un matrimonio que estaba lleno de buen sexo y vacío de amor.

No, si quería conservar a su hijo.

Capítulo 8

SOPHIA llegará en el jet de la empresa esta tarde. Arnold irá a buscarla, y debería estar aquí para cenar con nosotros.

–¿Sophia? –preguntó Anna después de un silencio.

La afirmación de Francesco había sido pronunciada con el primer signo de entusiasmo que él había mostrado en toda la mañana.

Francesco la había invitado a hacer una selección de los fabulosos anillos que habían traído un guardaespaldas y un hombre alto en un maletín.

Estaban en el salón de la planta baja, rodeados de antigüedades y cuadros.

Anna se sintió incómoda bajo la mirada de tres pares de ojos que estaban esperando su decisión.

Al final fue Francesco quien eligió un anillo de diamantes y lo sacó de su caja de terciopelo sin la más mínima ceremonia, y se lo puso en el dedo anular de su mano izquierda.

–Es mi hermana. Viene de Roma y se quedará hasta la boda para ayudarte.

–No sabía que tenías una hermana –dijo Anna.

Se dio cuenta de que sabía muy poco sobre él realmente. Sólo que era terriblemente rico y un don-

juán, a quien le gustaba hacerse el muchacho sencillo y pobre para seducir a vírgenes que no sabían
nada acerca de su riqueza porque él se ocupaba de
ocultarlo. Recordó la cadena barata que había llevado la primera vez que lo había visto ella, y le dieron ganas de pegarle.

Pero recordar emociones negativas del pasado no
la llevaría a nada.

—Cuéntame algo sobre ella —le dijo Anna en cambio.

Llevaba un conjunto color esmeralda, cortesía de
Madame Laroche.

Intentó no verse afectada por la presencia de
Francesco y su atractivo sexual. Lo que no era fácil,
puesto que acababa de levantarse del sofá y la estaba mirando a los ojos, absolutamente irresistible
con aquel traje gris claro.

Era el hombre más sexy que había conocido, y el
más controlado.

Su control la hacía sentir torpe. Como la noche
anterior, cuando había anunciado que quería un matrimonio de verdad.

Ella había creído que él querría pasar la noche
con ella. Pero él no lo había hecho.

Y ella no había sabido si sentirse aliviada o de-
cepcionada.

—Tengo que organizar cosas para la boda. Tal vez
podrías ponerte en contacto con tus padres e invitar-
los a pasar aquí uno o dos días antes de la ceremonia, ¿qué te parece? Ya te diré la fecha.

Y se marchó, dejándola tan furiosa, que podría
haber explotado.

El diamante del anillo parecía pesar una tonelada y arrastrarla, pensó ella.

Él estaba decidido a vestirla, alimentarla, y acostarse con ella cuando le apeteciera, pero no pensaba darle ni una parte de sí mismo, pensó Anna.

Anna se puso de pie. Él estaba decidido a no tenerla en cuenta. Y eso le producía mucho resentimiento.

Después de todo, él no la amaba, y ella tampoco. Entonces, ¿por qué se sentía herida?

Fue a la cocina y encontró a Peggy pelando habas. Se sentó, agarró un puñado de habas y dijo:

–¿Así que Sophia llega hoy? Francesco tenía prisa, así que no me ha puesto totalmente al corriente. ¿Cómo es su hermana? ¿Mayor o menor que él?

Después de todo, si quería saber cosas sobre su futuro marido, tendría que emplear todos los medios a su alcance.

–Oh, te gustará –le prometió Peggy–. Está casada con un rico banquero italiano, Fabio Bocelli, pero eso no tiene importancia. Ahora que lo pienso, su hermano mayor y ella son ambos así: no les importa lo que tenga la gente ni quiénes son. Es la persona que hay en el interior lo que valoran ellos.

«¿De verdad?», pensó Anna.

–De todos modos, haré café mientras terminas con eso –Peggy se puso de pie–. ¡Pronto serás la señora de la casa aquí, y yo te estoy dando órdenes como si fueras una criada de la cocina!

–¡No seas tonta! –sonrió Anna–. Somos amigas, ¿no? Haz el café.

Anna había perdonado rápidamente a Peggy por

mentirle para que Francesco pudiera retenerla allí. Cuando el jefe le daba una orden, Peggy obedecía sin cuestionar nada. No por miedo. Sino por lealtad y respeto. Francesco debía de haber tratado a los Powell con más respeto que a ella para haberse ganado aquella obediencia a cualquier mínimo deseo, pensó ella.

Anna terminó de pelar las habas. Los diamantes brillaban en su dedo. Con tristeza, se quitó el anillo y se lo guardó en el bolsillo del pantalón. Si hubiera sido un anillo estrecho de oro adornado con una sola perla pero regalado con amor, ella lo habría valorado más que a aquella cosa cara regalada simplemente porque era lo que se debía hacer.

–Aquí tienes --dijo Peggy, dándole una taza de café–. Sobre Sophia... Tiene seis años menos que su hermano, lo que quiere decir que tiene veintiocho años. Es una persona muy vivaz, muy guapa, y tiene una hija de seis años, Cristina. Probablemente la haya dejado con la niñera y el señor Bocelli hasta unos días antes de la boda –sonrió–. Cristina debe de haber tenido una buena rabieta por no venir... Adora a su *zio* Francesco, y él la adora a ella también. ¡La malcría! No me extraña que las cosas hayan tomado la dirección que han hecho. Está fascinado con Sholto, ¡pero tendrás que cuidar que no lo malcríe! Que no os malcríe a ambos, en mi opinión. ¡Deberías haber visto su cara cuando dio la noticia de la boda!

Pero no era ella lo que le importaba, reflexionó Anna. Ella sólo era un medio para el bienestar de su hijo. No para el suyo.

Se entretuvo cambiando los floreros de lugar y deambulando por el fabuloso salón de la planta baja.

Había bañado y alimentado a Sholto, había jugado con él, lo había acunado, le había dado de comer, y había llevado al pequeño a tomar aire a los jardines. Ahora Sholto estaba durmiendo.

Anna estaba nerviosa y, cuando Peggy abrió la puerta, se alegró de su interrupción.

—Un caballero quiere verla, señora.

Anna se sonrió al oír aquel tratamiento.

Cuando vio a Nick se puso contenta. Él llevaba un ramo de flores, y le dijo:

—Son para ti —se las dio—. Felicitaciones por el bebé, por cierto. Entonces, ¿todo va bien? Cuando he llamado a tu casa esta mañana, tu madre me ha dicho que el padre del bebé va casarse contigo. ¿Tú estás de acuerdo con eso? —la miró, incómodo—. A juzgar por la casa, él tiene mucho dinero. Pero el dinero no lo es todo. No es difícil de imaginar que debió suceder durante tus vacaciones... el bebé, quiero decir. Y, bueno, él no siguió contigo, ¿no? Hasta que se enteró por accidente de que iba a ser padre. ¿Quiere tener al niño consigo? ¿Es eso? ¿Te ha amenazado con quitarte al niño si no haces lo que él quiere? ¿Quieres casarte con ese tipo de hombre? Puedes decirme la verdad.

Nick era muy astuto.

¿Se sentiría herido porque le había ofrecido casarse con ella y ella había rechazado su proposición en favor de la de un hombre que podía darle más cosas materiales?

Su sospecha fue confirmada cuando él afirmó:

—En cuanto me he enterado de esto, he pensado que tenía que venir a decirte que mi proposición sigue en pie. Si nos casamos rápidamente, ningún tribunal le garantizaría la custodia del niño. Tú eres la madre, y eso te da ventaja. Y si demostramos que el niño tendría una familia estable, el asunto estaría resuelto. No tendrías que preocuparte. Yo no puedo darte una vida de lujo, pero tú eres importante para mí.

Anna sintió un nudo en la garganta. Sin tener en cuenta el coste personal, Nick le estaba ofreciendo un modo de escapar de aquella situación, y ella se sintió conmovida.

Eran como hermanos. Y siempre se habían ayudado. Él no estaba enamorado de ella, pero quería ayudarla. Y ella no podía dejar que él pensara que su proposición de matrimonio era de segunda clase, que no valía la pena pensársela.

—Sé que te importo. Ambos nos queremos. Pero no estamos enamorados, Nick. Ya lo hemos hablado, ¿recuerdas?

Anna le agarró la mano y lo llevó a uno de los sofás. Puso las flores en un extremo y se sentó. Cuando él hizo lo mismo, ella le dijo:

—Tú serás un excelente marido para una afortunada chica, Nick. Pero comprende que yo estoy enamorada de Francesco. Me enamoré de él en veinticuatro horas. Quiero ser su esposa —dijo Anna con un nudo en la garganta.

Le había dicho eso para que su amigo no sintiera rechazo en su proposición.

Pero ¿era verdad?

–Tú te mereces enamorarte de una chica que sienta lo mismo por ti.

Al ver que Nick sonreía sinceramente, Anna se alegró de haberle dicho que estaba enamorada de Francesco:

–¿Entonces no necesitas que te rescaten? ¿Eres feliz? ¿No te han presionado para que te cases?

–Por supuesto que no –balbuceó Anna.

Todavía estaba preguntándose si seguía amando a Francesco.

¿Cómo iba a vivir enamorada de un hombre que sólo la consideraba un mal necesario?

–La cosa es que, si lo hubieras necesitado, me habría casado contigo. Y me hubiera olvidado de lo otro.

–¿A qué te refieres?

–Bueno, hay una chica, Melody. Nos conocimos hace un mes, y... Bueno es un poco pronto, pero... –Nick no siguió. Sólo sonrió.

Anna se sintió contenta por su amigo. Tenía mucho cariño a aquel hombre sencillo, a aquel amigo de toda la vida que habría sido capaz de tragarse sus sentimientos por Melody para ayudarla, si ella lo hubiera necesitado.

Se abrazó a él y lloró de emoción.

–¿No te he dicho que un día sucedería? ¡Me alegro tanto por ti! Si ella es la mujer de tu vida, ¡no la dejes escapar!

–¡No lo haré! –Nick se puso de pie, y la hizo levantar–. Será mejor que no pierda el tren –dijo.

–¿Te marchas tan pronto? Peggy podría prepararnos té... –le ofreció Anna.

–Gracias, pero debo irme. Ahora que sé que estás bien y todo eso, me iré a casa. Tengo que llegar a tiempo de llamar a Melody y arreglar una cita para esta noche.

–Entonces, ve. Y, ¿Nick? –le sonrió ella mientras caminaban por el pasillo–. Me alegro mucho por ti. ¡Recuerda enviarme una invitación a la boda!

–Lo haré. Y tú tampoco te olvides –Nick rodeó a su amiga y la abrazó.

Anna se conmovió.

Y pensó en las promesas de matrimonio que haría y sintió un nudo en la garganta. No sólo prometería esas cosas, sino que realmente lo haría de corazón. Mientras que Francesco sólo pasaría por un trámite.

Anna cerró los ojos un momento, reprimiéndose las lágrimas.

Cuando los abrió, Francesco estaba entrando por la puerta principal, hacia la que se estaban dirigiendo. Estaba impresionante. A su lado, Nick parecía un campesino con su traje marrón barato.

–¡Qué conmovedor! –dijo Francesco con tono amenazante–. Pero preferiría no ver a mi prometida abrazada a un mecánico cuyos servicios no han sido requeridos.

Anna se sintió furiosa.

Nick sonrió, y dijo:

–Ya me iba, hombre. Sólo he venido para ver si mis servicios eran requeridos. Y como no es así... –le dio un beso leve en la mejilla a Anna y fue hacia la puerta.

Francesco la estaba sujetando ostentosamente para que se fuera. Y Nick se fue.

Hubo un silencio espeso.

–¡Estás celoso! –exclamó Anna.

Estaba sorprendida. Nick probablemente se habría dado cuenta también, por eso habría sonreído frente a aquel macho furioso.

Jamás había visto a Francesco tan molesto.

–¿Yo? ¿Celoso? –preguntó él, como si le estuviera hablando de un concepto sobrehumano.

–Entonces, ¿por qué has sido tan maleducado con él?

Sólo los celos podían haberle hecho perder el control.

Francesco la miró con gesto duro.

Anna continuó:

–El pobre muchacho sólo vino a saludarme y a traerme flores –ella sabía que esto último enfadaría más a Francesco.

Él no tenía detalles románticos, excepto cuando lo había conocido, en que había recogido flores salvajes y se las había puesto en el pelo.

Pero ella intentó rápidamente olvidar aquello.

–¡El pobre muchacho! –exclamó Francesco, parodiándola–. Ha tenido suerte de que no le rompan la mandíbula –agregó él.

Se puso tenso al recordar las ganas que había tenido de descuartizarlo, porque al mirarla, y ver su hermoso cabello, su delicioso cuerpo, había confirmado lo que ya sabía. Que ningún hombre podía mirarla y no querer acostarse con ella.

–Vas a ser mi esposa. Eres la madre de mi hijo –señaló Francesco–. No es muy normal volver a casa y encontrar a mi futura esposa abrazada a un patán.

Ella quiso darle un bofetón. Pero él detuvo su mano.

–¡Nick no es un patán! ¡Lo que pasa es que tú eres un esnob! ¡Nick es el amigo más maravilloso y amable que he conocido! ¡Vale más que doce como tú!

–¿Cuántas veces te has acostado con él? –preguntó Francesco.

–¡Nunca! –exclamó Anna, tratando de soltarse.

Francesco le había agarrado la muñeca.

–Yo no ando por ahí acostándome con uno y otro. Era virgen cuando tú y yo nos conocimos, ¡lo sabes perfectamente!

–¿Y luego? ¿Después de que cortamos? –preguntó él, y se atrevió a decir en voz alta las dudas que lo carcomían–. ¿Cuando descubriste que estabas embarazada? ¿Lo convenciste para que jugara de suplente, si hacía falta? ¿En caso de que fallara tu plan de mostrarme al bebé y exigirme un acuerdo económico?

Anna se puso pálida.

No sabía cómo podía amarlo todavía. Pero lo amaba.

Y él pensaba que ella era un monstruo manipulador.

Su futuro con él sería una pesadilla.

Los ojos se le llenaron de lágrimas.

–¿Cómo puedes pensar eso de mí? –preguntó Anna con voz débil.

–No es algo que me ponga contento –respondió él–. Pero tengo que enfrentarme a los hechos. Tú descubriste mi playa privada, te expusiste, y esperaste a que yo apareciera, con la idea de que te encontrase irresistible.

Así que eso era lo que pensaba él, y se aferraría a ello, pensó ella.

Nada de lo que dijera o hiciera le haría cambiar de opinión.

Anna se estremeció cuando sus lágrimas salieron al exterior.

—No puedo verte llorar. No hace falta —le dijo él.

Entonces él la levantó en brazos y la llevó arriba. Ella se abandonó.

—No deberías hacer escenas. Te hace mal —insistió Francesco.

Decirle que él había sido quien la había empezado habría sido infantil, así que ella se calló.

Su arrogancia, su creencia de que nunca se equivocaba la ponía furiosa, pero en aquel momento le dieron ganas de reírse histéricamente.

Se estremeció cuando lo vio abrir la puerta de su habitación.

Francesco la puso de pie en el suelo, pero no la soltó.

Ella sintió una tensión en su vientre, un calor dentro.

Francesco le borró las huellas de las recientes lágrimas con el pulgar. Y ella se sintió incapaz de controlar la excitación que sintió en sus pechos.

Él registró su reacción. Le levantó el cabello y la besó.

Ella se entregó a las sensaciones, desesperada por él, como siempre lo había estado, admitió.

El deseo se apoderó de ella otra vez.

Francesco dejó de besarla. La miró a los ojos y le acarició los pechos. La sintió estremecerse y luego ella le rodeó el cuello con sus brazos, apretándose contra él, notando su erección.

Y él supo que tenía una gran lucha interna consigo mismo y con aquel torrente de deseo masculino que le decía que estaban a pasos de la cama, y le murmuraba que con apenas unos movimientos podía quitarle la ropa y tocar su cuerpo, y quitarse él la suya propia, que tanto lo constreñía... Y acostarse con ella, sentir piel con piel...

–Me deseas –dijo él–. Te deseo. Debemos dejar el pasado atrás y, por el bien de Sholto, hacer que nuestro matrimonio funcione, construir algo sobre lo que tenemos.

–Te refieres al sexo... –susurró Anna.

Lo único que quería él era un matrimonio civilizado y una lascivia saciada en la cama de matrimonio.

Ella quería más, pero estaba suficientemente fascinada como para conformarse con lo que le diera.

–¿A qué otra cosa puedo referirme?

Para su humillación, él deslizó la mano por sus pantalones y abrió los botones de su blusa con una práctica que no hizo más que excitarla más, y avergonzarla más si era posible.

–Aparte de nuestro hijo, es todo lo que tenemos –dijo él, mirándola con ojos de plata–. Y es bueno. Admítelo.

Él la soltó, y agregó:

–Lamentablemente, no puedo demostrártelo ahora. Sophia va a llegar en cualquier momento.

Tengo que recibirla. Os conoceréis a la hora de la cena.

Y se marchó.

Anna se quedó abrazada a sí misma, atormentada y deseando no haberlo conocido.

Él tendría a su hijo y heredero, y a ella como bonificación.

Una esclava del sexo. Una esclava deseosa de él, pensó.

Él la deseaba. Pero el deseo se apagaba. Y cuando se terminase, él satisfaría su necesidad en otro sitio.

¡No sabía cómo iba a aguantar eso ella!

Capítulo 9

FRANCESCO había estado ocupado con la organizadora de la boda desde las ocho de la mañana, una rubia fría y guapa de uñas perfectamente arregladas.

Anna había hecho lo que le habían pedido y había confeccionado la lista de los invitados de la boda y luego se la había dado.

Su aspecto no era muy atractivo, pensó. La ropa de diseño no iba bien con la crianza de un bebé. Su pelo estaba despeinado, obra de Sholto, que quería explorar cada uno de sus mechones, y le había babeado el hombro de su camiseta de marca.

La fría rubia había juntado su lista con una que había hecho su prima Silvana y otra que había hecho Francesco y las había guardado en un maletín. Luego se había marchado.

Puesto que sentía que no le dejaban opinar demasiado acerca de su boda, a ella le sorprendió que Sophia le dijera:

—La organizadora de la boda se ha marchado. ¡Ahora viene lo más divertido!

Anna se sobresaltó al ver a la morena y relajada Sophia.

—No te he visto llegar. ¡Me has asustado! —le dijo.

Había conocido a la hermana de Francesco la noche anterior a la hora de la cena. Y enseguida le había tomado simpatía. Era guapa, de cabello largo moreno, ojos vivaces y una sonrisa fácil. Tenía un encanto y una personalidad que había ayudado a Anna a acabar con tres platos preparados por Peggy bajo la mirada oscura de Francesco.

Se estremeció al pensar en él.

—Todas las novias tienen un ataque de nervios antes de casarse. Yo estaba insoportable antes de casarme. ¡No podía quedarme quieta un momento! Toma... —le dio algo de plástico—. Francesco me dijo que te lo diera. Ha abierto una cuenta para ti. Lo único que tienes que hacer es firmar.

—¿Dónde está Francesco ahora?

La tarjeta de crédito le estaba quemando la mano. ¡Quería tirarla!

Sintió un nudo en la garganta.

—Fue a echar un vistazo al bebé. Y luego se ha encerrado a trabajar en su estudio. Así que, olvídate de él, si puedes. Sé que no podéis dejar de miraros... y probablemente de tocaros... —se rió Sophia—. Lo he notado. Pero esta mañana vamos a estrenar esa tarjeta de crédito. Así que date prisa y arréglate. ¡Vamos a ir a comprar tu equipo de novia, tonta! —exclamó Sophia—. Francesco dice que ha mandado pedir varios trajes de novia desde Milán. Va a sernos difícil escoger... ¡Serán todos hermosos!

Tres horas más tarde, Anna se alegró de poder descansar en una terraza de un restaurante.

Hacía mucho calor, y Sophia la había llevado a un

montón de boutiques de primera. Al menos había comprado un par de faldas baratas y camisetas de algodón, pero el caro camisón a juego con la lencería fina absolutamente sexy que se había empeñado Sophia en que se comprase, amenazaba con indigestarla.

–¡Qué bien! –dijo Sophia, sentándose–. Todavía nos queda una hora hasta que venga a buscarnos Arnold –agarró la carta–. ¿Qué comemos?

Finalmente eligieron tortilla de puerros con una ensalada,

–No pensé que pudiera llegar el día en que se casara Francesco. ¡Es una alegría para mí saber que estaba equivocada! –sonrió cálidamente–. Ha elegido bien... ¡Vas a hacerlo tan feliz!

Anna comió un bocado de tortilla para ocultar su incomodidad.

«¿Feliz?», pensó.

Ella no podía hacerlo feliz. Podría satisfacerlo en la cama hasta que él se cansara.

–¿Y por qué has pensado que no se casaría? –preguntó para distraerse de aquel pensamiento tan doloroso–. Después de todo, Francesco es un hombre que querrían tener muchas mujeres.

–Sí, y ése es el problema.

La respuesta seria de Sophia hizo que Anna la mirase.

No es algo de lo que hablemos normalmente... –le confió Sophia–. Pero ahora tú eres de la familia, y le has dado la bendición de un niño –Sophia bebió un sorbo de vino–. Mi hermano no habla nunca de ello, no quiere... Pero no debería haber secretos en la familia...

Anna vio que Sophia tenía los ojos nublados. Al parecer, a ella tampoco le resultaba fácil hablar de aquello.

–Ya ves... Me entristece decirlo, pero nuestra madre no tenía corazón, no había amor en ella. Era una mujer hermosa, una belleza de la alta sociedad... Para nuestro padre fue una gran pasión, una obsesión, se podría decir. Cuando ella nos abandonó, él se vino abajo. Cambió totalmente, y pasó de ser un padre normal a ser un hombre distante y frío. ¡Daba la impresión de que odiaba tener a sus hijos cerca!

–¿Tu madre os abandonó? –preguntó Anna–. Ella tenía dos criaturas hermosas que la necesitaban, y un esposo que la adoraba. ¿Por qué se marchó? ¿Se enamoró de otro? ¡Qué terrible!

–No. Ahora soy adulta y puedo armar el rompecabezas, con ayuda de gente que conocía a la familia en aquel tiempo. Yo apenas tenía cuatro años cuando mi madre se marchó, y realmente no la recuerdo. Pero Francesco tenía diez años, y el que lo dejara fue un golpe muy duro. Él la adoraba. Y mi padre cambió totalmente. Se dio a la bebida y se apartó de sus hijos. Francesco tuvo que ser como un padre y una madre para mí. Él me cuidó.

Sophia jugó con el borde de la copa. Pidió al camarero que se la llenase nuevamente, y dijo:

–Lo que pasó fue que el negocio de papá se arruinó. Él ya no podía dar a nuestra madre el magnífico estilo de vida que ella quería. Y entonces ella se marchó con alguien que podía dárselo. No fue por amor... Francesco y yo lo supimos cuando mi padre murió, y encontramos una nota entre sus cosas.

Sophia hizo una pausa y luego siguió:

—Francesco tenía veinte años entonces, y ya tenía mujeres revoloteando a su alrededor como abejas alrededor de la miel. ¡No te imaginas las molestias que se tomaban para seducirlo! Una de ellas se envió a sí misma en una falsa tarta! ¡Otra se metió desnuda en su cama! Pero él no hizo caso a ninguna. Tuvo alguna amante de vez en cuando, pero sabiendo que no le iban a pedir nada, que no se comprometería en absoluto. Y gastó su energía en levantar el negocio familiar.

—Entonces, ¿él ve a todas las mujeres como clones de su madre? —preguntó Anna, sufriendo por aquel niño de diez años cuya madre lo había abandonado cuando él la adoraba, y por aquella hermana suya con apenas cuatro años. No le extrañaba que Francesco pensara que nadie podía amarlo por sí mismo.

—¡Exacto! Él se dio cuenta de lo que le había ocurrido a nuestro padre por amar a una mujer tan egoísta, y decidió que eso no le iba a suceder a él. Y no confió jamás en una mujer. ¡Se transformó en un terrible cínico! —sonrió—. Pero ya no —Sophia puso la mano encima de la de Anna, que estaba encima de la mesa—. ¡Tú le has enseñado a confiar y a amar! ¡Y no sabes lo agradecida que estoy por ello! ¡Él se merece amar y ser amado!

Incapaz de dormir, a pesar de las dos copas de vino en la cena, durante la cual Sophia y ella habían charlado amigablemente, Anna miró la oscuridad.

Debería haber sido una noche de relajación.

Sophia y ella se lo habían pasado bien bañando a Sholto, y Sophia no había dejado de hablar en toda la cena. Francesco no había aparecido. Peggy le había dicho que había llamado desde la oficina principal diciendo que no podría llegar hasta tarde.

Debería haber sido relajante, pero no lo había sido.

Aunque le había sorprendido, lo había echado de menos.

—Cuando estéis casados viviendo en su *palazzo* de la Toscana será diferente. Mi hermano no querrá trabajar tanto, y estar tanto tiempo apartado de ti y del *bambino*.

Anna había tenido que morderse la lengua para no decirle que no sería así.

En cierto modo, tenía que mantener la apariencia de que su matrimonio con Francesco era por amor, lo que tanto deleitaba a su hermana.

Pero fingir era duro.

A las diez y media, Sophia había dicho que se sentía cansada y que quería irse a la cama para estar fresca para recibir los vestidos de Milán que llegarían por la mañana temprano.

Ella se había ido a la cama para no estar por allí cuando volviera Francesco.

Lo había oído llegar después de medianoche. Había estado alerta a cada movimiento que hacía él. Había oído sus pasos, primero entrando en la habitación del bebé y luego yendo a su dormitorio, al final del corredor.

Ahora, con los ojos doloridos de mirar en la oscuridad, ella sabía que tenía que ir adonde estaba él.

Lo que le había contado Sophia la había impresionado. Era la explicación de muchas cosas.

El trauma del abandono de su madre y la razón por la que lo había hecho había roto su corazón. Y había hecho que desconfiara de todas las mujeres.

Se levantó de la cama y se cubrió con la colcha de verano porque su camisón, cortesía del buen gusto de Madame Laroche, era demasiado atrevido para una mujer que quería aclarar las cosas, y no seducir.

Él le había pedido que dejaran atrás el pasado. ¡Pero no sería posible!

Cuando abrió la puerta de su habitación oyó el ruido de la ducha en el cuarto de baño.

Reunió valor y entró.

Ella se dijo que no se echaría atrás. Tenía que hacer aquello si quería que su futura relación con él tuviera algún significado.

Ella podía aceptar que él la hubiera usado y la hubiera abandonado. Y que sólo le hubiera propuesto matrimonio porque ella había tenido un hijo suyo al que él adoraba. Francesco no la amaba. Nunca la amaría. Ella tendría que aceptarlo. Pero lo que no podía aceptar era que él siguiera pensando que ella era una mujer interesada que sólo buscaba su dinero.

La ducha paró. Los músculos de Anna se tensaron.

Aquella habitación era muy masculina, pensó.

Y en aquel momento un hombre muy masculino apareció en la puerta del cuarto de baño.

Estaba desnudo.

Anna se cubrió con la colcha en un movimiento reflejo. Se estremeció al verlo.

Era muy hermoso, y ella sintió un calor en su vientre. Se le aflojaron las piernas.

Debería haber apartado la mirada. Pero no podía.

Se le hizo un nudo en la garganta y no pudo explicar su presencia allí, en su cuarto.

Él fue hacia ella, con una sonrisa sardónica en la boca.

—Tenemos que empezar en términos iguales, *cara* —Francesco le quitó la colcha, que ella apretaba firmemente.

Ella se puso colorada. Se sentía horriblemente expuesta con aquel camisón que apenas cubría su cuerpo.

—¿Qué...? ¿Qué estás haciendo? —se quejó Anna.

—¿Y tú qué piensas? —preguntó él con ojos maliciosos—. Estoy complaciendo a mi futura esposa tomando lo que me ofrece.

—Pero... —ella negó con la cabeza.

Pero la asaltó el deseo.

Perdió totalmente el control.

Como la primera vez, pensó.

Le temblaban las rodillas.

Su intención de hablar con él se borró de repente. Tal vez hubiera ido a aquello y lo hubiera disfrazado con la excusa de hablar con él, pensó.

Pero la realidad era que estaba ardiendo de deseo.

Le hubiera gustado decirle que no había dejado de amarlo nunca, pero no se atrevía porque él no le habría creído.

Él tiró de ella, y ella sintió la dureza de su erec-

ción contra su cuerpo. Lo oyó gruñir masculina-
mente y luego él la besó apasionadamente.

Francesco dejó de besarla y la levantó en brazos
y la llevó a la cama, donde la tumbó. Se puso a su
lado. La miró a los ojos, y le dijo:

–Cuando te miro, te deseo desesperadamente.

Volvió a bajar la cabeza y tomó uno de sus pezones entre sus dientes, y acarició su cuerpo con manos expertas.

Aquella sensación la hizo estremecer de los pies
a la cabeza.

Él tomó el otro pecho, y entonces la oyó decir:

–¡Hazme el amor, Francesco!

Capítulo 10

FRANCESCO dormía en un lío de sábanas revueltas, mientras Anna, apoyada la mejilla contra el satén del pecho de Francesco, escuchaba el latido regular de su corazón y aspiraba su fragancia masculina, e intentaba aferrarse a la magia del momento.

La magia de fingir que habían vuelto a lo que había habido entre ellos una vez, en los días bajo el ardiente sol italiano, en que ella era feliz y pensaba que él realmente hablaba en serio cuando le había dicho que la amaba tanto como ella a él.

Ella sabía que él era un amante fantástico. Lo sabía de primera mano, debido a su inolvidable experiencia. Pero aquella noche había tenido algo más. Algo muy intenso. Él la había dominado, la había poseído, y el éxtasis que le había dado había sido tan intenso, que ella había pensado que se moriría.

Era una esclava del sexo.

La realidad era un duro golpe. Hizo que sus ojos se llenasen de lágrimas y que se le hiciera un nudo en la garganta.

Había pensado que lo odiaba. Pero no era así. No podía dejar de amarlo. Pero eso no significaba que tuviera que acostarse con él con aquel deseo tan intenso. Sobre todo porque ella sabía muy bien que él no la amaba, y que incluso la despreciaba por lo que creía que era ella.

—¿Qué sucede? —preguntó él.

¡No estaba dormido!

Su voz la había sobresaltado. Tenía un tono más pronunciado que nunca, con la satisfacción del macho dominante que sabe que su esclava del sexo es suya con sólo chasquear los dedos.

—Tu hermoso cuerpo se ha puesto tenso —dijo él con un tono jocoso. Se puso de lado, cubriéndola parcialmente con su cuerpo—. Voy a relajarte —afirmó él con voz sensual.

Deslizó su mano por su vientre y notó que sus músculos se tensaban. Luego la movió más abajo, hacia la juntura de sus muslos.

Ella sintió algo feroz y caliente que le derretía los huesos. Él siempre la hacía reaccionar de aquel modo. Y ella se sentía indefensa. Ardía por él.

—¡No! —exclamó desesperada, intentando resistirse a otra humillante experiencia que le demostrase lo débil que era.

Él la tomaba cuando quería. Era suya.

—No lo comprendes, ¿no? —siguió.

—¿El qué? —preguntó él, divertido.

Ella puso las manos en su pecho y lo empujó con toda su fuerza. Pero no logró moverlo un centímetro.

Desesperada, ya no le importó revelar sus emociones, y soltó:

—¡Te amo!

Hubo un silencio espeso. Fue como una traición a sí misma.

Luego Francesco la miró con ojos hostiles, y dijo:

—No hace falta que digas eso. Lo que acabamos de compartir ha sido un gran sexo. No lo estropees mintiendo.

Enfurecida, ella se levantó de la cama rápidamente. Necesitaba poner distancia entre ellos. Se sintió incómoda por haberle hecho aquella confesión.

—¡La mentira es parte de tu mundo, no del mío! —exclamó.

Se sentía humillada porque había desnudado su alma frente a él, y Francesco la había acusado de mentir. Era imperdonable.

—¿Y qué quiere decir eso? —preguntó él.

—Has fingido ser casi un campesino sin un céntimo. No fuiste sincero diciéndome quién eras —le contestó ella.

Agarró la colcha del suelo, donde la había tirado él, y cubrió su desnudez.

Luego agregó con amargura:

—¡Llevabas una cadena barata para darle un toque de verosimilitud! ¡Muy convincente! ¿El arte de engañar es algo natural en ti o has tenido clases? ¡No te atrevas a acusarme de mentir!

Anna se acercó a la puerta, y le dijo:

—He venido aquí para hacerte comprender que yo no soy una de tus «mujeres que van por tu dinero» de las que tanto rehuyes. ¡Yo no tenía idea de que eras asquerosamente rico! —exclamó, y se dio la vuelta para abrir la puerta.

Pero se detuvo cuando él le contestó:

–Tú lo sabías. Habías visto fotos mías en la prensa. Lo admitiste, no sé si recuerdas. Y si tu padre sólo pensaba entretener a tu nuevo amante «campesino sin un céntimo», ¿por qué me pidió un millón de libras a los cinco minutos de que me conociera? Tu gran error fue no advertirle que esperase pacientemente a que yo me entrampase solo.

Anna, totalmente anonadada, se quedó mirándolo. Él apagó la luz de la mesilla, dejando la habitación a oscuras.

Luego dijo con frialdad:

–Sé sincera contigo y enfréntate a lo que eres. Después de todo, has conseguido lo que querías. Deja el teatro y tal vez podamos tener una razonable vida juntos en el futuro. Vete a la cama.

Anna fue a la habitación del niño la siguiente mañana. Se sentía como si estuviera sonámbula. Su cabeza latía y sus ojos estaban hinchados de llorar.

Había pasado el resto de la noche sin poder creer lo que había escuchado. ¿Realmente le había pedido su padre un millón de libras? La sola idea le daba náuseas.

Recordó su idea de poner un safari park para recuperar el dinero que había perdido, y pensó que podía ser posible.

No tenía idea cómo había podido saber que el italiano tenía dinero. *Ella* ciertamente no lo sabía.

Pero él la había acusado de hacer que su padre le

pidiera dinero, y no había nada que pudiera hacerlo cambiar de opinión.

Su última esperanza de ganarse su respeto, si no su amor, se desvaneció.

Y ella no sabía cómo iba a pasar el resto de su vida con él, amándolo, necesitándolo, sabiendo lo mal que pensaba de ella.

Él tenía razón en una cosa. El sexo era terriblemente bueno. Y a él eso le alcanzaba. Pero no la amaba. No la amaría nunca. E irremediablemente llegaría el momento en que él buscase nuevas experiencias. Y entonces ella no tendría nada de él. Serían dos extraños sin nada que los uniese excepto una criatura. Y cuando su hijo fuera mayor, ella no tendría nada.

Realmente no creía que pudiera enfrentarse a un futuro así.

Sin embargo, ¿cómo podía negarle a su querido Sholto que tuviera a sus dos padres, que lo amaban tanto? Sin contar con todas las ventajas que le daría el ser el hijo de Francesco Mastroianni...

¿Cómo podía negarse a casarse con él y vivir con el horrible sentimiento de temor de que su padre hiciera todo lo posible para ganar su custodia?

Sin olvidarse de sus padres. A pesar de sus defectos, ella los amaba profundamente. Si no se casaba con Francesco, sus padres vivirían en la pobreza.

Cada vez le dolía más la cabeza.

Decidió no pensar más y bañar y alimentar al pequeño Sholto.

Sonrió y abrió la puerta.

Cuando entró se encontró con Francesco sentado

en una silla de la habitación del bebé. Tenía a Sholto en sus brazos. Éste tenía un pijama limpio y estaba dormido.

–Te he ganado por una vez –le dijo él–. Lo he cambiado y le he dado de comer. No es tan difícil.

–Ya veo... –murmuró Anna.

La noche anterior se habían dicho cosas terribles. Pero tenían que olvidar las acusaciones y seguir con su vida normal por el bien del bebé.

¡Qué civilizados!

El sexo era el único nivel en el que ella podía llegar a él. No podía tocarlo a nivel emocional. Él había dejado de lado su disgusto por ella por el bien de Sholto. Todas sus emociones estaban concentradas en el pequeño.

–Cuando nos casemos pasaremos la mayor parte del tiempo en mi casa de la Toscana, donde Sholto tendrá toda la libertad y el espacio para correr y jugar en una atmósfera que no esté contaminada. Le enseñaré a pescar y a montar en bicicleta. Se hará fuerte y alto –se levantó de la silla y dejó al bebé en la cuna–. Tendremos una niñera.

Ella se sintió irritada.

–¿Y no crees que yo tengo derecho a opinar? No necesito una niñera que lo cuide.

Ya se sentía privada a veces del único tiempo que se sentía feliz: el momento de bañar, vestir, jugar y alimentar a su bebé, ¡para que encima le pusiera una niñera! ¡Por muy buenas referencias que tuviera!

–Tal vez no. Pero piénsalo... Cuando vuelvas a estar embarazada agradecerás una pequeña ayuda, sobre todo cuando tengas a un nuevo recién nacido y a un energético pequeño aprendiendo a caminar. Y tal vez otro en camino...

–¡No puedo creer lo que estás diciendo! –exclamó Anna.

Apartada de su familia y amigos que le dieran su apoyo, sin hablar el idioma, engendrando un niño detrás de otro... ¡Como si fuera una fábrica!

–¿Quieres tantos hijos?

–Dado nuestro récord, me parece que así será...

Ella se sintió incómoda. La noche anterior no habían tomado precauciones. No se les había ocurrido.

¿A propósito? ¿Pensaba él tenerla siempre embarazada, rodeada de tantos niños que no tuviera energía para darse cuenta cuando él se quedaba por ahí?

Ella se puso pálida.

Él le agarró el codo, y le dijo:

–Tienes un aspecto terrible. Vuelve a la cama y descansa un par de horas. Peggy te traerá el desayuno a las diez.

Francesco la llevó a la habitación. Luego agregó:

–Por cierto, si quieres avergonzarme usando esas cosas horribles, no lo has conseguido.

Se refería a sus camisetas baratas y vaqueros normales que había comprado ella en una tienda de la zona adonde había arrastrado a Sophia casi contra su voluntad.

Cuando él empezó a cerrar la puerta de su dormitorio, ella recuperó un poco de color, y le dijo:

–¡Eres el hombre más arrogante y egoísta que conozco! Todo lo que hago o digo tiene que ser para ti, ¿no? Bueno, escúchame. Todo lo que pasa por mi cabeza no está relacionado contigo. ¡Me he comprado esta ropa barata para reservarme esa ropa tan cara! A Sholto le encanta su baño de la mañana, ¡lo que significa que patalea y me empapa! Así que, no. No he pensado en ti ni por un momento esta mañana cuando me he vestido.

Anna cerró la puerta viendo su cara de sorpresa.

Capítulo 11

FRANCESCO dejó la chaqueta de su traje al lado de la máquina de fax y se aflojó la corbata.

La habitación de su casa que usaba como despacho era su único oasis de paz.

Acababa de llegar de una ausencia de más de dos semanas, y se había encontrado con una enorme casa en Londres, llena de familiares. Los padres de Anna habían estado viendo los regalos de boda que habían llegado en camiones. Él había preferido no compartir con ellos las exclamaciones de admiración, pero se había sorprendido por el recibimiento afectuoso de su sobrina, y sólo había podido librarse de ella cuando había llegado Fabio, su cuñado y padre de la niña.

–¡Cristina, deja respirar al tío Francesco! –le había dicho Fabio a su hija, y la había agarrado por la cintura, arrancándola de los brazos de Francesco–. Tu tío verá tu vestido de dama de honor más tarde, cuando pueda... Ahora mismo tiene cosas que hacer...

Francesco sonrió a Fabio y se marchó con la organizadora de la boda y Sophia al salón de la planta baja. Ésta reaccionaba con entusiasmo, opinaba y exclamaba todo el tiempo.

Anna había estado muda, con cara de piedra.

Faltaban dos días para la boda. Él quería que se acabase de una vez. Aunque había vuelto hacía sólo veinte minutos, los preliminares lo habían puesto de mal humor. Estaba irritado. Jamás se hubiera imaginado que un día se casaría con una mujer avariciosa e interesada, y que lo aceptaría de buen grado. No veía la hora de quedarse solo con su esposa y su hijo.

Pero así era.

Alguna vez había soñado con que Anna fuese su esposa. Y ahora el sueño se había hecho realidad. ¡Pero qué diferente del matrimonio que había soñado!, pensó él.

¿Y Anna? Su deseo de casarse con una gran fortuna estaba por hacerse real. Pero ella actuaba como si estuvieran a punto de descuartizarla sin anestesia en lugar de sentir que aquella ceremonia era la satisfacción de su avaricioso sueño.

¿Había imaginado ella también otro futuro juntos? Un futuro de esposa mimada y consentida con un marido que la adoraba y que satisfacía, gustoso, todos sus deseos a la más mínima sugerencia?

Si era así, ¡cuánto se había equivocado!

Impacientemente, Francesco se pasó la mano por el cuello de la camisa y se desabrochó un botón. Había algo que había que arreglar. No podían pasar el resto de sus vidas juntos como si fueran enemigos en guerra.

Él había pasado aquellas dos semanas visitando las oficinas de su empresa por el mundo. Promocionando, poniendo a los mejores directores en los puestos indicados para quitar el peso de ciertas decisiones de sus hombros y delegar tareas para estar más libre para pasar más tiempo con su hijo. El pequeño Sholto crecería sabiendo que su padre lo quería, que le gustaba estar con él, pasar tiempo de calidad con su hijo, y que podía contar con él para cualquier cosa que sucediera.

Ahora lo que le quedaba por hacer era llegar a un entendimiento con su futura esposa.

La encontró en el jardín. Sholto estaba tumbado en una manta a la sombra. Anna estaba a su lado, haciendo cosquillas en su barriguita. Su hermoso rostro sonreía. Tenía una luz especial cuando miraba al niño.

Él se quedó observándola un momento. Su corazón estaba tan lleno, que pensó que iba a explotar. Era amor por su pequeño, razonó. Nada más. Aquella emoción abrumadora no podía ser otra cosa.

Había amado a Anna alguna vez. La había amado más que a nada en el mundo.

Pero ese amor había muerto en el mismo momento en que su padre había querido sacar partido de él.

Él la deseaba, eso era verdad. Con sólo mirarla se excitaba y quería poseerla.

La lascivia no era algo bonito. Pero era la realidad. Y él siempre se enfrentaba a la realidad.

Francesco caminó en dirección a Anna.

–Ha crecido en dos semanas –observó.

Notó que ella se ponía rígida.

Y él se reprimió hacer el comentario cínico de que cuando la acariciaba no se ponía rígida, sino al contrario, se derretía...

Francesco levantó al bebé y le sonrió. El niño gorjeó.

–¡Me ha sonreído! –exclamó Francesco, olvidándose por un momento del lenguaje corporal de su esposa y concentrándose en el leve movimiento de la boca del bebé–. ¡Te juro que no ha sido mi imaginación!

En aquel estado de ánimo el padre del bebé era irresistible, pensó ella. Pero no iba a sucumbir a su encanto, para que luego él la acusara y le dijera cosas desagradables.

Ella se puso de pie.

–¡No te marches! No quiero ahuyentarte –dijo Francesco–. Creo que es bueno para nuestro hijo tener la compañía de ambos padres.

–¡No seas arrogante! Es hora de su baño de la noche y de darle de comer –respondió Anna.

Ella no iba a dejar que él pensara que su presencia le afectaba y la acobardaba.

–Puedes llevarlo a su habitación y quedarte mientras le doy el biberón, si quieres –agregó Anna, y se marchó hacia la casa.

Ella se alegró de cómo había manejado la situación, indicándole que le daba igual que estuviera presente o no.

Se sorprendió cuando Francesco respondió:

–Es una buena idea. Y hoy vamos a cenar fuera. Está todo arreglado. Sophia se quedará con el niño. Le dejaremos el monitor. Tú y yo necesitamos hablar a solas, sin la presencia de familiares.

Anna se sentó frente a la mesa íntima que Francesco había reservado en un exclusivo restaurante de Londres. Ridículamente, se sentía halagada, como una adolescente en su primera cita.

Su acompañante estaba muy atractivo con su esmoquin blanco. Todas las mujeres habían vuelto las cabezas cuando lo habían visto pasar. Y Anna no podía culparlas. Francesco Mastroianni era realmente impresionante. Y ella era la envidia de todas las mujeres.

Pero no iba a dejar que aquella sensación se le subiera a la cabeza, porque ella sabía que nada era lo que parecía. Muy al contrario.

No iba a dejarse engañar por aquellos ojos grises que la miraban como si ella fuera de su propiedad, ni iba a reaccionar cuando él le dijera:

—Eres muy hermosa. El vestido te queda maravillosamente. Pero, como yo, todos los hombres deben querer quitártelo.

Ella no iba a ponerse colorada, se dijo. Ni iba a ceder al impulso de poner la mano en el escote de aquel vestido sexy y exclamar, sorprendida.

En su lugar respondió:

—Esto ha sido idea tuya. Tú me lo has propuesto. Has dicho que querías hablar. Bueno, yo también tengo algo que decirte.

—¿Qué es? —dijo él, arqueando la ceja y dedicándole una medio sonrisa.

Ella se molestó, porque aquel gesto solía hacerlo cuando era paternalista con ella.

—Mis padres me han dicho que van a vivir permanentemente en tu casa de Londres. Todo está arreglado, parece, incluso un trabajo a media jornada para mi padre en tu oficina de Londres.

–¿Y no están satisfechos?

–¡Sabes perfectamente que lo están! –ella no pudo controlar su reacción y bajar la voz en el momento en que se acercó el camarero.

Francesco pidió la comida y le indicó al sumiller que abriese la botella de champán que estaba en un cubo de hielo desde que habían llegado.

Desde que sus padres habían llegado no dejaban de hablar de la generosidad de su yerno y cuánto deseaban vivir allí, donde podrían ir al teatro cuando quisieran, ir de tiendas y visitar galerías cuando les diera la gana. También estaban encantados con Peggy y Arnold. Además de que los cuidaban, se llevaban muy bien con ellos.

–¿Y? ¿Qué es lo que quieres decirme?

–Que tú has organizado todo esto sin decírmelo. Sabes bien cómo hacerme sentir ignorada –se había sentido excluida todo el tiempo. Lo miró con furia, y le dijo–: Y mi boda... Te has puesto de acuerdo con esa rubia de hielo... ¡Pero a mí no me has consultado nada!

–Pero ella te ha puesto al corriente de todo.

–Me dijeron qué flores llevaría, qué comida y vino se servirían en el banquete y esas cosas. Si te refieres a eso. Pero estaba todo hecho y decidido. ¡Y tengo la impresión de que, si hubiera querido hacer algún cambio, no habría podido!

No era que le importase realmente la organización de la boda, porque para ella la ceremonia sería como una sentencia a cadena perpetua, al unirse a un hombre que la veía sólo como un mal necesario. Pero le molestaba que no contase con su opinión para nada.

Francesco se inclinó hacia delante.

–Si hay algo con lo que no estás de acuerdo, todavía estás a tiempo de cambiarlo –le aseguró–. Ella es la mejor organizadora de bodas que hay, según dicen. Pero...

–No. No tengo nada concreto que objetar, ni nadie a quien criticar. Es una cuestión de principios.

A ella le extrañaba que él quisiera tomar en cuenta su opinión. Era algo nuevo para ella.

–Por supuesto. Estoy... –el camarero les sirvió el primer plato. En cuanto estuvieron nuevamente solos, Francesco siguió hablando–: Siento que no te hayan consultado. Es culpa mía. La verdad es que las últimas semanas han sido frenéticas. Había que tomar decisiones. Yo las tomé y actué en base a ellas. Yo funciono así. Pero... –le sonrió–. Tengo que aprender a consultarte las cuestiones que también te conciernen a ti. Tú no te quedarás en un segundo plano en el futuro. A partir de ahora.

Él la miró y le agarró la mano. Ella sintió que su corazón se agitaba. Se odiaba por seguir deseando y amando a aquel hombre aunque supiera que él la veía como a una mujer mentirosa y manipuladora.

–Como sabes, las deudas de tu padre han sido pagadas, y yo ahora soy el dueño de Rylands. Ellos se alegraron de vendérmela. Al parecer, tu madre lleva mucho tiempo queriendo mudarse a un sitio más céntrico, donde puedan manejarse más fácilmente. Y me ha parecido una buena idea ofrecerles mi casa de Londres. Además, un puesto para tu padre en la junta directiva podría evitar que nos llene el jardín de animales salvajes.

Anna asintió en silencio.

Cuando sus padres le habían dado la noticia de que vivirían en la casa de Londres de Francesco, ella le había preguntado a su madre si no echaría de menos su casa familiar, y su madre le había confesado que no. Ella había sugerido muchas veces la idea de vender la casa, pero su padre no había querido. Porque era la casa de su familia y no quería que la perdiese por sus malos negocios. Su padre decía que jamás se lo perdonaría.

Finalmente la generosa intervención de Francesco lo había hecho posible.

—Voy a hacer reformas en la casa muy pronto. Y, si estás de acuerdo, me gustaría que siguiera en manos de la familia. Lo normal es que nuestro hijo la herede. Como sabes, pasaremos la mayor parte de nuestro tiempo en la Toscana, pero Sholto tiene que conocer sus raíces inglesas. Rylands sería ideal para las vacaciones de verano, para celebrar una tradicional Navidad inglesa... ¿Qué opinas?

Ella no podía creerlo. Le estaba pidiendo la opinión en lugar de enviar a un tercero para informarle de su decisión.

Y al parecer, el bienestar de su hijo era prioritario. Pero nunca contemplaba las necesidades de ella.

—Tienes razón. Sería bueno para Sholto tener una casa en la campiña inglesa —respondió.

Para Sholto y la docena de niños que él pensaba tener, pensó ella.

Anna perdió el apetito y apartó los cubiertos.

—Quería hablar contigo, hablar de nuestro futuro —comentó Francesco—. Hasta ahora hemos sido enemigos en un duelo permanente, esperando el momento oportuno para asestar un golpe, al margen de esa noche inolvidable en que viniste a mi cama. Pero esto no puede seguir así –agregó con sinceridad–. Vamos a casarnos. Tenemos un hijo. Lo más sensato es olvidar todo lo que ha sucedido, y seguir adelante en armonía.

Francesco alzó la copa de champán.

–Un brindis por nuestro futuro. Para que sea tranquilo. ¡Que no haya más peleas! ¡Quiero darte paz! –la miró con ojos seductores.

Ella recordó el tiempo que había pasado con él en la isla, cuando había pensado que aquello era el paraíso. Y tuvo una sensación inmensa de pérdida por lo que jamás volvería a ser igual.

Ella miró la copa de champán.

Reacia, la levantó.

No quería más peleas. Él le proponía olvidar el pasado, el dolor. Esconderlo debajo de la alfombra... Tomárselo todo con estoicismo. No quejarse, sonreír y borrar lo que les había hecho daño...

Pero no sería un matrimonio de verdad. Sólo se encontrarían en la cama, en un nivel físico.

Tendrían que tener cuidado todo el tiempo. No decir nada que pudiera recordarles el pasado, y despertar las acusaciones que tenían que quedar debajo de la alfombra...

Ella no sabía si podría hacerlo.

Tenía que intentar convencer a Francesco de que ella no era como él pensaba. Que le creyera.

Al pensar cómo había recibido su propósito de hablar con él la vez anterior, se estremeció. No había querido escucharla, y encima la había insultado.

Anna terminó su copa de champán y observó a Francesco volver a llenarla en el momento en que les servían cochinillo con verduras frescas. Ella no iba a poder comer nada de aquello.

–Es posible que rompa la paz que repentinamente pareces desear. Pero esto es importante para mí. Tienes que saber que yo no tenía ni idea de quién eras ni cuánto dinero tenías hasta después de varias semanas de que me abandonases –Anna se mordió el labio. Él la miró con frialdad.

Al parecer, él estaba decidido a no creerle...

Pero ella había iniciado aquello, y lo terminaría.

–Un día Cissie me mostró una vieja revista. Había un artículo sobre ti... Acerca de tu éxito en el campo de las finanzas... Y entonces me enteré de la realidad –no mencionó lo que decían sobre su vida de donjuán–. Quiero que sepas una cosa: yo no soy igual que tu madre...

Hubo un silencio espeso. Sólo se oían los murmullos de los otros clientes en el restaurante.

–Sophia ha hablado demasiado... –dijo él serenamente, con expresión sombría.

Pero lo único que pudo ver ella fue un niño de diez años cuya adorada madre había desaparecido de repente de su vida. Y cuyo padre, cuando él más lo necesitaba, le había dado la espalda, y una hermana pequeña de la que se había visto responsable...

Debía de haber jugado mucho con Sophia, que había sido poco menos que un bebé. Le habría dado el amor que necesitaba y que sólo él le daba, y habría intentado ocupar el lugar de sus padres, creciendo con responsabilidad y con un fuerte sentido del deber.

Esa misma responsabilidad y sentido del deber le había hecho tomar la decisión de casarse con la madre de su hijo, a pesar de pensar que ella era una mujer codiciosa. Le daba igual lo que ella dijera en su defensa; las circunstancias conspiraban para hacer imposible que él creyera en ella.

Anna se inclinó hacia delante, y le dijo compasivamente:

—No te enfades con Sophia. ¡Ella está tan contenta con la boda! Simplemente salió el tema de la boda, y ella me dijo que había pensado que no te casarías nunca. Le pregunté por qué, y me contó la historia de que tu madre sólo se había casado con tu padre por su dinero. Y que cuando a tu padre le empezaron a ir mal las cosas lo había dejado por alguien que podía asegurarle una vida de lujo y riqueza. Me dijo que aquello había destruido a tu padre, hasta el punto de que no quiso saber nada de sus hijos. Y que como yo ahora era de la familia, debía conocer la historia.

Anna se encogió de hombros, y siguió:

—Tú eres su hermano mayor, y ella te quiere. Se alegra de que por fin hayas encontrado una mujer en la que puedes confiar y amar. Yo no me atreví a decirle la verdad. No le dije lo equivocada que estaba, que tú no confías en absoluto en mí. Y ciertamente no me amas...

Pero él la había amado alguna vez. Ella estaba segura. Su corazón estaba sufriendo. Se le estaba haciendo un nudo en la garganta al pensar en lo que había perdido.

Él la había amado. Cuando se habían conocido en Ischia, él había ocultado su verdadera identidad porque él había querido ser amado por sí mismo, no por su riqueza. Él había dicho la verdad cuando le había dicho que la amaba.

Pero su padre, con sus tácticas habituales, había matado su amor.

William Maybury debía de haber reconocido al pretendiente de su hija por los periódicos de Economía, y le habría pedido directamente que invirtiera en aquel proyecto disparatado del safari park, convencido de que cualquiera vería la rentabilidad de su último delirio económico.

Estaba segura de que había sucedido así. ¡Y la mención de Francesco de los animales salvajes en el jardín tenía relación con ello!

Anna jugó con los cubiertos, incapaz de comer.

Y no, ella no había hablado del tema con su padre. Le había insistido a su padre para que le dijera qué le había dicho a Francesco aquella noche. Pero su padre no le había dicho nada, porque si le confirmaba lo que ella sospechaba, ella se habría enfadado mucho, y lo habría acusado de arruinarle la oportunidad de ser feliz. Hasta el punto de que sentía aprensión frente a su boda, porque sólo era una farsa.

Además, quería a su excéntrico padre incondicionalmente. Y abrir una herida entre ellos no arreglaría nada. El resultado siempre sería el mismo.

La experiencia que Francesco había tenido con su madre lo programaba para que desconfiara de todas las mujeres que le dijeran que lo amaban, y le hacían pensar que sólo querían su dinero.

–Lo siento. Pero esto no ha servido de nada...
–dijo Francesco.

Hizo una seña al camarero, y éste trajo la cuenta.

Anna observó a Francesco mientras éste pagaba.

Francesco se puso de pie, tenso. Y ella se levantó también, con las piernas temblando.

Su cita había fracasado porque ella había decidido abrir la boca, y le había dicho las cosas que él no quería oír.

Jamás le creería que no sabía quién era él cuando habían concebido al bebé, y la despreciaba porque ella quería sacarlo de su error. Estaba furioso porque Sophia le había contado la historia. Era un período de su vida del que no hablaba nunca, y evidentemente le molestaba que ella se hubiera enterado de esa parte de su vida.

¿Tendría él, como ella, la sensación de que su matrimonio se había ido a pique antes de haber empezado?

Un taxi los estaba esperando en la puerta. Francesco la ayudó a subir. Tenía que pensar mucho, reflexionó él. Descubrir la verdad era imperativo, y eso significaba una larga charla con el padre de Anna.

Había sido una locura pensar que podría borrar el pasado y poner un parche en su futuro.

El matrimonio no había sido sólo una idea para recuperar a su hijo. Anna en sí misma había sido el centro de todo.

Al final él era lo suficientemente sincero como para admitir que todavía la amaba.

Quería creer que ella todavía lo amaba. Pero si lo

que resultaba de la conversación con su padre no lo convencía, él no seguiría los pasos de su padre. No se casaría con una persona que no lo amaba.

Al principio había pensado que podría hacer un esfuerzo para que su matrimonio funcionase, por el bien de su hijo, tratando de olvidar el pasado, con el agregado, por supuesto, de un sexo impresionante.

Pero ahora que finalmente se enfrentaba al hecho de que ninguna mujer había sido capaz de afectarlo tanto como ella, y que la amaba, sabía que nunca funcionaría un matrimonio por conveniencia.

Fracasaría, como el matrimonio de sus padres. Y lo dejaría sumido en la amargura y el dolor.

–Voy a caminar –dijo él, y le dio la dirección al taxista. Se volvió a ella, y agregó–: Te veré en el altar.

Tal vez.

Capítulo 12

ESTÁS tan guapa! –exclamó Beatrice Maybury con ojos empañados de lágrimas.

Sophia, muy elegante con su traje color ámbar de seda estaba terminando de abrochar los pequeños botones que llevaba el vestido de novia en la espalda. Era un vestido de satén blanco bordado, a juego con un velo transparente.

–¡Estás fantástica! –suspiró Sophia–. Tan romántica... ¡Francesco es muy afortunado!

Anna intentó sonreír.

Era difícil.

No tenía nada de romántico aquella boda.

Sophia andaba a su alrededor. Cristina estaba orgullosa con su vestido de seda color salmón, saltando a la pata coja por la excitación.

–¿Es hora de irnos ya? –preguntó la niña.

La madre de Anna, sentada en una silla con su vestido azul con brocados de oro y un elegante sombrero, tenía a Sholto en brazos, y supervisaba todo.

Aquello no era más que un gran escenario, donde se representaría una función, pensó Anna.

No había visto a Francesco desde que habían salido del restaurante.

–Es mala suerte que el novio vea a la novia inmediatamente de la boda –le había dicho su madre–. Ha reservado una habitación en un hotel. ¡Lo verás en el altar!

Su madre, concentrada en elegir los zapatos que irían mejor con su traje, no se había dado cuenta del brillo de tristeza en los ojos de su hija.

El estado de ánimo en el que se había despedido Francesco le hacía pensar a ella que podía arrepentirse de su decisión. Que estar junto a ella en el altar era lo que menos quería en el mundo.

Era una situación horrible, pensó Anna, con la autoestima por el suelo. Sólo se casaba con ella por el pequeño Sholto.

Y ella se había visto obligada a aceptarlo. Lo que habría estado bien si ella hubiera sido la avariciosa mujer en busca de dinero que él pensaba que era.

¡Pero ella no lo era!

¡Había querido terminar con aquella situación y le había dicho que lo amaba! ¡Y había sido peor!

Más tarde ella había hecho el último intento de demostrar su integridad, pero él había preferido esconder el pasado debajo de la alfombra, no enfrentarse a él. Pero en realidad Francesco parecía desear no volver a verla.

–¡Deja de soñar despierta! –le dijo Sophia afectuosamente, poniendo un ramo de rosas blancas en sus manos temblorosas–. Los coches han llegado.

Y su padre también.

Tenía buen aspecto con aquel traje y la flor en el ojal, orgulloso al ver a su hija vestida de novia.

En cuanto estuvieron solos, su padre la abrazó, con cuidado de no estropear su traje. A Anna se le nublaron los ojos de lágrimas. Era su padre, y ella lo quería, y sabía que él la quería. Pero su padre había sido la causa de que Francesco desconfiara de ella.

–¿Estás nerviosa? No lo estés. Serás la novia del año... ¡Y tu papaíto está aquí para que todo salga bien!

Ella estaba demasiado emocionada como para preguntarle qué quería decir.

Cuando atravesaron la puerta, los recibieron un ejército de fotógrafos, empujando, apretándose, haciendo preguntas... Y entonces lo comprendió.

Su cabeza le daba vueltas, y su padre y el conductor uniformado la ayudaron a entrar en el vehículo sin perder la dignidad.

El camino era corto. Habría más periodistas esperando en la iglesia, suponía ella. La boda de uno de los solteros más codiciados del mundo con una desconocida sería una buena noticia para ellos, reflexionó ella.

«¡Cenicienta!», pensó

Pero sin final feliz.

–Cariño... Lo siento. Ha sido culpa mía –dijo William Maybury cuando el coche se puso en movimiento.

–No seas tonto –dijo Anna.

–No... Escucha... He tenido una larga charla con tu muchacho anoche. Me pidió que fuera a su hotel. Volví muy tarde, y tú te habías ido a la cama... Y esta mañana... ha sido una locura, así que...

–Papá, no quiero hablar. Ahora no. ¡Por favor! –Anna giró la cara.

¡No soportaba volver a oír otra arenga a favor de Francesco!

No podía culpar a sus padres por estar fascinados con la generosidad de Francesco, que les permitiría vivir lujosamente y seguros. Eran prácticamente incapaces de hablar de otra cosa, y ella podía comprenderlo. Pero no quería oír más. ¡Porque era ella quien había pagado el precio del futuro seguro de sus padres!

Tratando de ignorar la presencia de los fotógrafos, Anna entró en la iglesia del brazo de su padre y vio a Francesco esperando junto al altar. Alto, atractivo, con aquel traje estaba perfecto.

Entonces las dudas que había tenido de que él desapareciera se borraron totalmente. Habían sido infundadas.

Ella empezó a caminar con paso inseguro.

En cierto modo, hubiera sido mejor que él la hubiera dejado esperando en el altar. Lo habría superado.

Pero vivir con un hombre que no la amaba y a quien ella amaba sería mucho peor.

—Levanta la frente, cariño —le dijo su padre, y le apretó más el codo para hacerla avanzar—. Todo está bien, ¡te lo prometo!

¿Qué sabía él?, pensó ella, cuando su padre la soltó y ella se encontró al lado de Francesco.

Él la miró con los ojos llenos de emoción, y le dijo:

—Te amo, Anna. Te amo.

La ceremonia pasó volando.

La cabeza de Anna no paraba de dar vueltas, haciéndose una y otra vez la misma pregunta. ¿Realmente lo había dicho? ¿O ella había oído mal?

Y si lo había dicho, ¿sería por miedo a que ella pudiera marcharse con su hijo?

Enseguida estuvieron dentro del coche, rumbo al banquete. La rubia le había dicho el nombre del hotel, pero ella no lo recordaba.

–¿Has dicho en serio lo que me has dicho antes? –preguntó ella con un cosquilleo en el estómago.

Francesco se sentó a su lado y el coche empezó a andar.

–Eres increíblemente hermosa. ¿Cómo no voy a hablar en serio? Te amo, *cara* –dijo Francesco, y le besó las manos. Luego las volvió y empezó a besar sus palmas.

El corazón de Anna dio un vuelco.

¿Le hablaría así para tenerla tranquila durante el banquete y para que fuera dulce con él en público? Su ego, seguramente, no podría soportar la humillación de tener una esposa que no lo mirase con éxtasis.

¿O realmente lo sentía? ¿Cómo era posible?

Él levantó la cara, y dijo algo en italiano, que sonó como un violento expletivo. Luego agregó:

–Hemos llegado. No hay tiempo de decirte lo que tengo que decir. Anna... –le agarró la barbilla–. Créeme. Te amo. ¡Y te juro que voy a demostrártelo el resto de mi vida!

Su declaración le hizo perder el equilibrio. ¡Parecía tan sincero!

Y el modo en que le agarró la mano hasta que los sentaron en el banquete, casi la convenció de que había ocurrido el milagro.

Ella quería convencerse, y disfrutó de esa sensación mientras transcurría el banquete y la fiesta. Francesco no dejó de mirarla en todo el tiempo. Sus ojos eran los del hombre enamorado del que ella se había enamorado en la isla, hacía casi un año. Y todas sus dudas se borraron, cuando, bajo aplausos y risas, Fabio dio el discurso. Francesco buscó dentro del bolsillo interior de su chaqueta y sacó un anillo con un diamante amarillo y se lo puso junto a la alianza.

—He visto que no usas el anillo que casi te forcé a llevar...

—Estabas muy impaciente —se excusó ella—. De todos modos, no podía aceptarlo —dijo ella, alzando la barbilla—. No quería nada de ti que no me dieras con amor.

Francesco la miró con ojos de plata y habló con voz sensual.

—Elegí este anillo porque el diamante rubio me recordaba tu hermoso cabello. Lo tenía en el bolsillo el día que fui a verte a Gloucestershire hace meses. Iba a pedirte que fueras mi esposa. ¡Fue elegido con amor!

La había amado entonces. Había querido casarse con ella. Pero luego todo había quedado en papel mojado. Su padre había aparecido en la escena y lo había estropeado todo.

—Tenemos que hablar —dijo ella—. Hablar adecuadamente —balbuceó.

Su declaración de amor podía ser debida a que no quería un matrimonio beligerante, un campo de batalla inadecuado para la crianza de su hijo.

—Por supuesto —dijo él—. Más tarde —sonrió con

aquella sonrisa carismática–. Ahora se supone que tenemos que empezar el baile.

Anna tragó saliva y sonrió.

Se oía la música desde la sala de baile y vio que la gente empezaba a trasladarse allí.

Entonces se dejó llevar por Francesco.

Quería pensar que era posible que sucediera un milagro. Que él había cambiado realmente, que había cambiado de parecer acerca de ella. Que la amaba de verdad.

Y se sumió en su sueño despierta. Y volvió a la realidad cuando Fabio le golpeó suavemente el hombro a Francesco y la sacó a bailar.

Más tarde, mientras bailaba con alguien cuyo nombre no recordaba, ella se disculpó diciendo que le dolían los pies, tomó una copa de champán de un camarero que pasaba, y buscó un lugar para sentarse sola.

Como habían acordado, Peggy y Arnold se habían quedado con Sholto en casa, para que le dieran de comer, lo cambiasen y lo acostasen. Y Francesco había hecho lo que debía, bailando con la madre de ella, con su hermana y su prima Silvana.

Encontró una silla contra una pared en un extremo del salón y se sentó. A lo lejos vio a su marido bailando con la pelirroja que había estado con él aquel fin de semana inolvidable en que ella había preparado la comida en casa de Silvana y su marido.

Nerviosa, se bebió la copa de champán de un trago. La pelirroja aquélla había sido su ligue de aquel fin de semana. Y por lo que se veía, la mujer no había dejado de tener interés en él, ya que estaba casi encima de él, haciendo un espectáculo.

¿Cómo se atrevía a invitar a una ex amante a su boda? ¿O estaba pensando en volver a estar con ella?

–¿Bailas? –Anna levantó la vista y vio a Nick.

–¿Por qué no? –respondió ella.

–No soy muy bueno en esto –dijo su amigo.

Y lo demostró pisándola.

–No te preocupes. Basta con movernos. ¿Dónde está Melody? –ella los había invitado a ambos.

–No ha podido venir. Es una pena. Nos apetecía mucho venir, y pasar el fin de semana en Londres, en un hotel y todo eso... ¡Maldita sea! Lo siento –exclamó cuando la hizo chocar con otra pareja. Luego le explicó–: Es enfermera veterinaria. Hay sólo tres enfermeras en su clínica. Una está de vacaciones, y la que se suponía que estaba de guardia, se agarró un virus, así que la pobre Mel ha tenido que reemplazarla...

–¡Oh, pobre! –exclamó Anna.

Levantó la mirada y se encontró con los ojos de Francesco en la pista de baile. Parecía furioso. La pelirroja había desaparecido. ¿Estaría furioso porque ella estaba bailando con Nick?

Su corazón se estremeció. Le había demostrado claramente que no soportaba que su amigo estuviera cerca de ella. Y ella lo había acusado de estar celoso... Él lo había negado. Pero uno no se ponía celoso de alguien que no significaba nada, ¿no?

–Creo que voy a descansar un poco en el próximo baile, Nick.

Iría a ver a su marido y le preguntaría por qué había estado con su antigua amante, le diría que no pensara que podía seguir con su vida de donjuán ahora que estaba casado...

–Es una buena idea –dijo Nick, saliendo de la pista de baile con ella, en dirección a un par de sillas. La llevaba rodeándole la cintura–. Espera aquí. Iré a buscar un par de copas. Estoy muerto de calor.

La intención de decirle que no se molestase por ella, porque iría a ver a Francesco, quedó en nada porque Nick no le dio tiempo y desapareció en dirección al bar. Ella se dio la vuelta y se encontró cara a cara con la pelirroja.

–Supongo que debo darte mi enhorabuena –dijo la mujer.

–Gracias –Anna no quería hablar con la pelirroja. Pero el orgullo la hizo contestar.

–No me des las gracias –sonrió la mujer–. Ha sido gracias a tu plan y a tu fertilidad. Una buena trampa...

–¡No puedo creer que digas eso! –dijo Anna.

¿Era así como Francesco la veía a ella?

Probablemente, se dijo.

–¿No? Todo el mundo lo piensa, aunque sean amables y dulces contigo. Pero ése no es mi estilo. Francesco se ha casado contigo porque te quedaste embarazada, ¿por qué otro motivo iba a atarse a una cocinera? Pero te digo una cosa: no será fiel. Lo sé de buena fuente. Me ha invitado a vuestra boda exclusivamente para decírmelo.

Capítulo 13

CUANDO Nick apareció con dos copas, llegó Francesco. Tenía los ojos con un brillo peligroso.

—Mi esposa no necesita beber nada. Nos vamos.

Anna estaba demasiado turbada como para pensar con claridad.

Francesco le agarró el brazo y se la llevó hacia el área del banquete.

Él habló por el teléfono móvil de forma autoritaria. Luego lo cerró y gruñó:

—¿Le has enseñado a bailar?

—¡No seas tonto!

—¡Era él quien te miraba como un tonto mientras te hacía girar abrazándote, como si no pudiera soltarte!

Anna lo miró y sintió cierta satisfacción. Él estaba celoso. ¡Celoso de Nick!

Si era así, ¿podía querer una aventura con la pelirroja? En vista de lo que ésta le había dicho, Francesco se merecía sentirse celoso.

—Nick estaba un poco contrariado. Melody, la chica de la que está enamorado, no ha podido venir. Y se estaba agarrando de mí porque no dejaba de chocarme con otras parejas. ¡Así que no me compares a mí y a Nick contigo y esa pelirroja!

–¿Y qué quiere decir eso? –preguntó él.

–La harpía pelirroja a la que estabas seduciendo prácticamente en la pista de baile, me ha acusado de cazarte, y me ha dicho que la has invitado para decirle que el hecho de que estuvieras casado no interferiría con tu aventura con ella.

–*Dio mio!* –exclamó Francesco. Le agarró los brazos y le dio la vuelta para que lo mirase–. ¡Eso es puro veneno! ¡Te juro por nuestro hijo que nunca he tenido una aventura con esa mujer! Apenas la conozco. Es amiga de mi prima. Silvana la invitó ese fin de semana, porque es una celestina insoportable, y las dos tenían expectativas, evidentemente, de que podría gustarme –la sacudió suavemente–. Yo no estaba interesado en ella y se lo dije. Desde que te perdí no he mirado a ninguna otra mujer... Yo no quería admitirlo, pero seguía enamorado de ti. Nunca he dejado de estarlo.

–¡Oh! –exclamó ella, mareada por sus palabras.

–Esa mujer sólo quiere causar problemas. Ha sido ella la que se ha puesto a sobarme... Y yo no he podido hacer nada. No puedo pedirte que confíes en mí. Yo no he confiado en ti, y jamás me perdonaré por ello... Pero, si quieres, iremos a hablar con esa mujer, para que diga la verdad...

Anna sonrió. El hombre que siempre creía que tenía razón estaba actuando con humildad.

–No hace falta –respondió ella, segura–. Confío en ti. Tú quieres a Sholto. Jamás habrías jurado por él si no fuera verdad. Y en lo relativo a Nick, no tengas celos de él. Hemos sido buenos amigos toda la vida. Sí, me pidió que me casara con él –ella levantó la mano y le acarició el ceño fruncido–. Porque le preocupaba que yo fuera madre soltera. Pero no estábamos enamorados, y se lo dije. Y aunque su propuesta me conmovió, no habría sido tan egoísta como para hacerle hacer ese sacrificio. Porque sabía que un día él encontraría a alguien a quien amar. Y la ha encontrado. En todo caso, yo estaba enamorada de ti todavía, aunque como tú, intenté negarlo.

Él sonrió. Y ella casi se derritió al verlo.

–¿Todavía me amas?

–Por supuesto. Intenté decírtelo un día, pero no me has querido creer.

Francesco gruñó.

–¡He sido un tonto! –él le quitó un mechón de cabello de la cara y agregó–: ¡Pasaré el resto de mi vida tratando de arreglar lo que he hecho mal contigo, amor mío! Y ahora nos marcharemos –la levantó en brazos.

Se dirigió a la zona de servicio. Pasó por la cocina y por una puerta estrecha.

–¿Qué estás haciendo?

No le importaba. ¡Lo único que le importaba era que él la amaba!

–Intento evitar a los fotógrafos. El coche nos está esperando...

Arnold los estaba esperando en el espacioso Lexus.

–¿No tendríamos que despedirnos de la gente? Le he prometido a Cristina que mi ramo de flores sería para ella. Sólo... Que lo he perdido...

–Shhh... –la acalló él–. Cristina estaba bailando en la pista de baile con tu ramo en la mano. ¡Apuesto a que nadie puede quitárselo! Y no quiero que nos vean marchándonos. Quiero irme de aquí. Ahora. Contigo. Vamos a volar a Italia.

Sholto, en su silla de bebé, estaba profundamente dormido en el coche. Anna se sentó a su lado y al lado de Francesco.

—No puedo viajar con este traje de novia.

—No hay ninguna ley que lo prohíba.

—Es verdad.

—Me encanta verte con el traje de novia. Voy a quitártelo esta noche...

Ella se estremeció.

—No puedo llevarlo durante toda nuestra luna de miel —se rió ella.

—Como la luna de miel durará toda la vida, no sería práctico —comentó él—. Peggy ha hecho tus maletas y la de Sholto. Si falta algo, se puede arreglar. Me encantaría llevar de compras a mi esposa. Malcriarla...

Cuando el jet particular aterrizó, Francesco se quitó el cinturón de seguridad e hizo lo mismo con el de Anna. El bebé estaba en la cuna del avión. Su ama de llaves italiana los estaba esperando.

—Si esto es una treta para atraparme, ¡me entrego voluntariamente! —comentó Francesco.

—No lo he hecho...

—Lo sé, *cara*. Aquella primera vez fuimos bastante irresponsables. Pero siempre estaré agradecido a ello. Gracias a nuestro hijo estamos juntos.

—Yo también lo agradezco —dijo ella.

Él le rodeó los hombros con su brazo.

—No quiero ser pesada, pero ¿cuándo decidiste que podías confiar en mí?

—He sido un tonto. En Ischia me enamoré de ti, y estaba seguro de haber encontrado el amor. Pero luego tu padre me pidió dinero para una inversión y me sentí traicionado. Herido —dejó escapar un suspiro—. ¡Siento tanto haber pensado por un solo momento que tú eras remotamente como mi madre!

—¿Qué le sucedió a ella?

—Nos enteramos de que tuvo un accidente de coche con su último amante rico poco antes de que muriese papá. Mi padre se pasó todo el tiempo esperando que volviera. Cuando perdió las esperanzas, supongo que dejó de querer vivir.

—Entonces, ¿cuándo empezaste a confiar en mí? —insistió ella.

—Cuando empecé a pensar con mi cerebro en lugar de con mis prejuicios. Al principio pensé que tu rechazo a aceptar mi dinero era un plan para conseguir más. Luego cuando Sholto nació y supe que tenía que ser un buen padre, te pedí que te casaras conmigo. Tú no estabas contenta con aquella felicidad avariciosa que yo había esperado de ti... El día que fuimos a cenar y te pedí que tuviéramos un matrimonio civilizado empecé a dudar de mi juicio y llegué a la conclusión de que todo encajaba. Tú no eras una persona interesada en mi dinero. Me maldije por la injusticia que había cometido. En el hotel pasé las horas más amargas de mi vida... Para confirmarlo, anoche cité a tu padre en el hotel. Y él me dijo que tú no sabías nada. Tu padre sí sabía quién era yo, por la prensa de negocios... Y me confesó que no te había contado aquel episodio cuando fui a verte. ¡Estaba muy avergonzado de ello! Y no tenía ni idea de que había estropeado nuestra relación...

–¡Oh! –exclamó ella–. Ahora me doy cuenta de que mi padre intentó contármelo cuando estábamos yendo a la iglesia. Pero yo le dije que se callase.

Cuando su padre le había dicho que era culpa suya, ella había pensado que se había referido a los fotógrafos. ¡Si ella lo hubiera escuchado, no habría agonizado durante toda la ceremonia, preguntándose si Francesco le había dicho que la amaba!

–No más malentendidos. No más secretos. ¿Me lo prometes?

–Te lo prometo –le dijo él.

Y la besó.

El *palazzo* era perfecto.

Francesco tenía a Sholto en brazos. Llevó de la mano a Anna a ver a Katerina, el ama de llaves y a todo el personal doméstico.

Anna pasó el resto de la tarde arreglando la habitación de Sholto y discutiendo quién lo bañaría. Finalmente lo habían hecho juntos. Y habían terminado los dos empapados con la ropa de la boda puesta.

–La casa y las tierras han estado en manos de mi familia durante años. Al parecer, mi madre odiaba esta mansión. Prefería las luces de la gran ciudad... El *palazzo* estaba abandonado cuando lo heredé. Pero yo decidí rehabilitarlo y devolverle su esplendor.

Anna se enterneció. Al menos, Francesco estaba hablando de su madre, que tanto daño le había hecho, sin amargura. El daño estaba reparado. Pero había una cosa que ella quería saber aún.

—Dime, ¿por qué teniendo todo esto a tu disposición, estabas viviendo en esa pocilga cuando te conocí? Y además tenías una cadena falsa de oro que te dejaba marcas...

Él sonrió.

—Por escapismo. Me encanta el mar. Voy allí para relajarme, a fingir que no soy millonario. Vivo como un campesino, y disfruto de mi pequeño bote, de incógnito. Y nadie me molesta. Pero el día que nos conocimos mi ayudante personal rompió esa regla, y vino a verme para que yo resolviera un problema. Como castigo le hice acompañarme en el bote, mientras él me contaba el problema. Cuando volvimos a mi cala me encontré con la criatura más hermosa del mundo. Y ambos sabemos lo que sucedió después.

—Nos enamoramos. Pero ¿por qué usabas esa cadena barata?

Él la apretó contra su cuerpo.

—Me la había regalado Cristina. Mi hermana y su familia estaban hospedándose en mi hotel unos días. Y yo tenía que usarla. Me la había comprado con sus ahorros. ¿Recuerdas que yo tenía que mostrar la isla a una gente? Era Sophia y su familia. Tú pensaste que yo era una especie de guía turístico, que hacía unos euros cuando podía. Y yo no te saqué de tu error.

—Me enamoré de ti cuando creía que eras un

hombre sin un céntimo. Si mañana perdieras todo, te amaría igual...

Él la acalló con un beso. Y ella se derritió en sus brazos.

Él la levantó en sus brazos y la llevó al dormitorio. La puso de pie y murmuró:

—Mi dulce esposa... —él empezó a desabrochar los pequeños botones del vestido de novia.

Ella se excitó.

El cuerpo de su vestido se deslizó hasta la cintura, y él la ayudó a quitarse la parte de abajo. Vio que llevaba braguitas de encaje y gruñó sensualmente.

—En el momento en que te vi entrar en la iglesia me prometí que haría esto... —dijo Francesco.

Y entonces la levantó y la dejó encima de la colcha de satén de la enorme cama...

Bianca™

**¿Se atrevería a convertir a aquella pobre
desamparada en su esposa?**

Maisie era una profesora
de música cuya difícil situación despertó en Rafael San-
derson un deseo que creía
desaparecido hacía tiempo,
el de protegerla.

Rafael era un rico em-
presario que siempre tomaba la decisión correcta, especialmente cuando se
trataba de evitar caer en la
trampa del matrimonio. Pero
el nuevo aspecto de Maisie
y la sensualidad que des-
prendía estaba a punto de
nublarle el juicio…

Música del
corazón

Lindsay Armstrong

Acepte 2 de nuestras mejores novelas de amor GRATIS

¡Y reciba un regalo sorpresa!

Oferta especial de tiempo limitado

Rellene el cupón y envíelo a

Harlequin Reader Service®
3010 Walden Ave.
P.O. Box 1867
Buffalo, N.Y. 14240-1867

¡Sí! Por favor, envíenme 2 novelas de amor de Harlequin (1 Bianca® y 1 Deseo®) gratis, más el regalo sorpresa. Luego remítanme 4 novelas nuevas todos los meses, las cuales recibiré mucho antes de que aparezcan en librerías, y factúrenme al bajo precio de $3,24 cada una, más $0,25 por envío e impuesto de ventas, si corresponde*. Este es el precio total, y es un ahorro de casi el 20% sobre el precio de portada. ¡Una oferta excelente! Entiendo que el hecho de aceptar estos libros y el regalo no me obliga en forma alguna a la compra de libros adicionales. Y también que puedo devolver cualquier envío y cancelar en cualquier momento. Aún si decido no comprar ningún otro libro de Harlequin, los 2 libros gratis y el regalo sorpresa son míos para siempre.

416 LBN DU7N

Nombre y apellido	(Por favor, letra de molde)	
Dirección	Apartamento No.	
Ciudad	Estado	Zona postal

Esta oferta se limita a un pedido por hogar y no está disponible para los subscriptores actuales de Deseo® y Bianca®.
*Los términos y precios quedan sujetos a cambios sin aviso previo.
Impuestos de ventas aplican en N.Y.

Jazmín™

Perfecta unión
Cara Colter

Dylan McKinnon era atractivo, seguro de sí mismo y tenía algo que lo hacía irresistible para el sexo opuesto. La florista Katie Pritchard sabía muy bien el efecto que Dylan tenía en las mujeres, pues era su mejor cliente. Y muy a su pesar, ella también había quedado cautivada por sus encantos.

Parecían la pareja imposible y seguramente lo eran, pero Katie sabía que el playboy era mucho más de lo que parecía a simple vista...

Eran dos personas muy diferentes, pero formaban el equipo perfecto

Deseo™

Reglas de seducción

Emilie Rose

El rico y guapo Toby Haynes había apostado con su mejor amigo que conseguiría seducir a la romántica Amelia Lambert y llevársela a la cama. Y cuando ella lo dejó después de una sola noche, Toby juró que la recuperaría y entonces sería ella la abandonada…

Al volver a encontrarse en Mónaco, Amelia acabó en los brazos de Toby y comenzó una auténtica persecución. Lo que Toby no imaginaba era que Amelia tenía sus propias armas de seducción… y eran muy tentadoras.

¿Cómo podría negarle nada a aquel sexy millonario?